Photograph © Yumemakura Baku Office

いつも私の本を読んでいただいてありがとうございます。台湾で私の本が読まれていてファンの方も多くいるということは、いつも私のはげみになっています。これからもよろしくお願いいたします。

夢枕獏

感謝大家持續閱讀我的書。在台灣有人讀我的書，我的書迷也很多，這些對我一直是很大的鼓勵。今後也請繼續多多指教。

陰陽師

夜光杯卷

陰陽師系列

第十二部

夢枕獏——著
茂呂美耶——譯

新版推薦序

伴隨《陰陽師》系列小說十五年有感

承接《陰陽師》系列小說的編輯來信通知，明年一月初將出版重新包裝的第一部《陰陽師》，並邀我寫一篇序文。

收到電郵那時，我正在進行第十七部《陰陽師螢火卷》的翻譯工作，而且，由於晴明和博雅這兩人拖拖拉拉了將近三十年的曖昧關係（中文繁體版則爲十五年），終於有了一小步進展，令我陷入興奮狀態，於是立即回信答應寫序文。因爲我很想在序文中向某些初期老粉絲報告：「喂喂喂，大家快看過來，我們的傻博雅總算開竅了啦！」

其實，我並非喜歡閱讀ＢＬ（男男愛情）小說或漫畫的腐女，《陰陽師》也並非ＢＬ小說，但是，我記得十多年前，曾經在網站留言版和一些《陰陽師》死忠粉絲，針對晴明和博雅之間的曖昧感情，嬉笑怒罵地聊得鼓樂喧天，好不熱鬧。

說實在的，比起正宗ＢＬ小說，《陰陽師》的耽美度其實並不高。就我個人觀點而言，這部系列小說的主要成分是「借妖鬼話人心」，講述的是善變的人心，無常的人生。可是，某些讀者，例如我，經常在晴明和博雅的對話中，敏感地聞出濃厚的BL味道，並爲了他們那若隱若現，或者說，半遮半掩的愛意表達方式，時而抿嘴偷笑，時而暗暗奸笑。

身爲譯者的我，有時會爲了該如何將兩人對話中的那股濃濃愛意，翻譯得不露骨，但又不能含糊帶過的問題，折騰得三餐都以飯糰或茶泡飯草草果腹，甚至一句話要改十遍以上。太露骨，沒品；太含蓄，無味。所幸，這種對話不是很多。是的，直至第十六部《陰陽師蒼猴卷》爲止，這種對話確實不多。

然而，我萬萬沒想到，到了第十七部《陰陽師螢火卷》，竟然出現了令我情不自禁大喊「喂喂，博雅，你這樣調情，可以嗎？」的對話！不過，請非腐族讀者放心，這種對話依舊不是很多，況且，說不定我們那個憨厚的傻博雅，不明白自己說的那些話其實是一種調情。而能塑造出讓讀者感覺「明明在調情，但調情者或許不明白自己在調情」的情節的小說家夢枕大師，更令人起敬。

話說回來，不論以讀者身分或譯者身分來看，《陰陽師》系列小說最吸引我的場景，均是晴明宅邸庭院。那庭院，看似雜亂無章，卻隨著季節交替輪換而自有一番情韻。倘若我在進行翻譯工作時的季節，恰好與小說中的季節相符，我會翻譯得特別來勁，畢竟晴明庭院中那些常見的花草，以及，夏天吵得不可開交的蟬鳴和秋天唱得不可名狀的夜蟲，我家院子都有。只是，我家院子的規模小了許多，大概僅有晴明宅邸庭院的百分或千分之一吧。

爲了寫這篇序文，我翻出《陰陽師飛天卷》、《陰陽師付喪神卷》、《陰陽師鳳凰卷》等早期的作品，重新閱讀。不僅讀得津津有味，甚至讀得久違多年在床上迎來深秋某日清晨的第一道曙光。

此外，我也很佩服當年的自己，竟然能把小說中那些和歌翻譯得那麼美。不是我在自吹自擂，是眞的。我跟夢枕大師一樣，都忘了早期那些作品的故事內容，重讀舊作時，我眞的在文字中看到當年爲了翻譯和歌，夜夜在書桌前和古籍資料搏鬥的自己的身影。啊，畢竟那時還年輕，身子經得起通宵熬夜的摧殘，大腦也耐得住古文和歌的折磨。如今已經不行了，都盡量在夜晚十點上床，十一點便關燈。因爲我在明年的生日那天，要穿大紅色的「還曆祝著」（紅色帽子、紅色背心），慶祝自己的人生回到起點，得以重新再活一次。

如果情況允許，我希望能夠一直擔任《陰陽師》系列小說的譯者，更希望在我穿上大紅色背心之後的每個春夏秋冬，仍可以自由自在穿梭於晴明宅邸庭院。

茂呂美耶

於二〇一七年十一月某個深秋之夜

平安時代中期的平安京

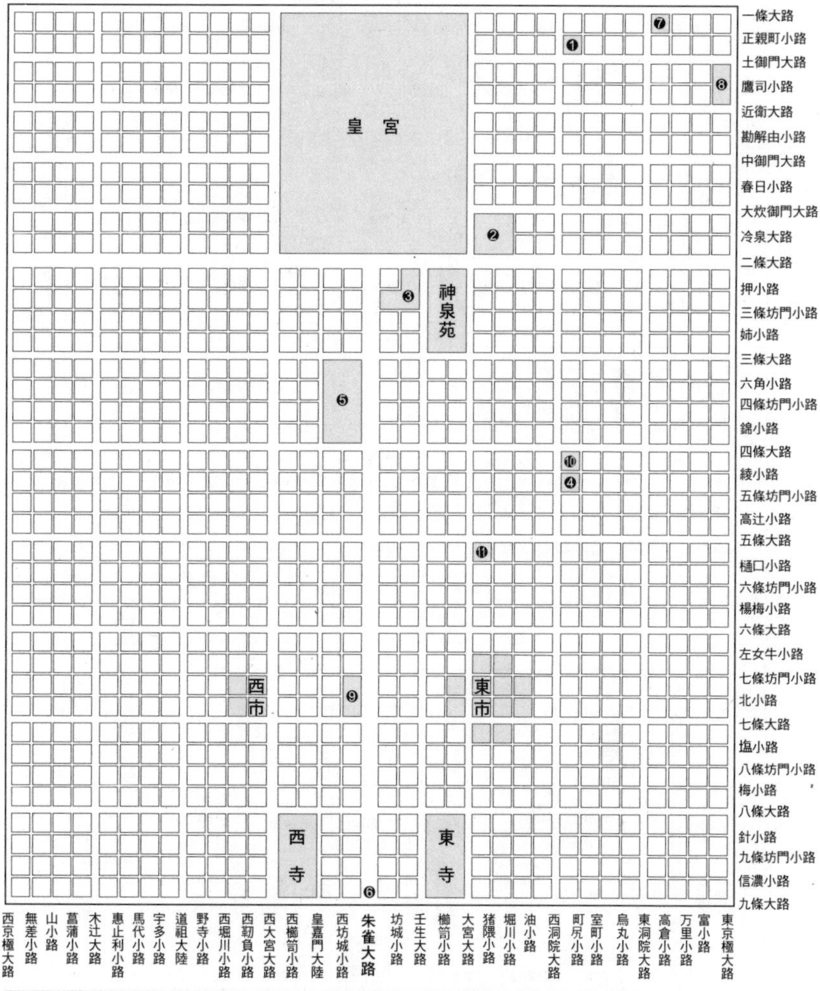

❶安倍晴明宅邸　❷冷泉院　❸大學寮　❹菅原道眞宅邸　❺朱雀院　❻羅城門　❼藤原道長「一條第」
❽藤原道長「土御門殿」　❾西鴻臚館　❿藤原賴通宅邸　⓫藤原彰子邸

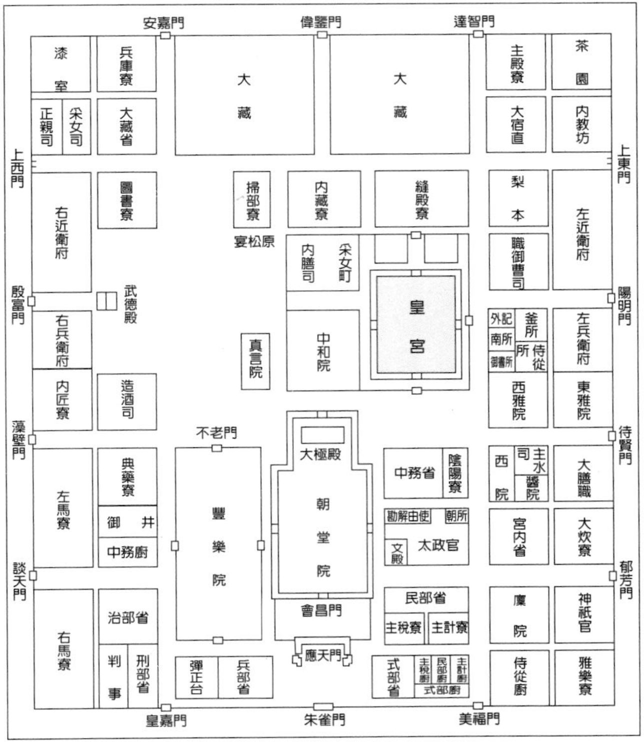

安嘉門
偉鑒門
達智門
漆室
兵庫寮
大藏
大藏
主殿寮
茶園
正親司
采女司
大藏省
大宿直
內教坊
上西門
上東門
圖書寮
掃部寮
內藏寮
縫殿寮
梨本
右近衛府
左近衛府
宴松原
內膳司
采女町
職御曹司
殷富門
武德殿
皇宮
陽明門
右兵衛府
中和院
外記
釜所
南所
所
侍從
御書所
左兵衛府
真言院
內匠寮
造酒司
西雅院
東雅院
藻壁門
不老門
待賢門
大極殿
中務省
陰陽寮
西院
司
主水
釀院
大膳職
典藥寮
左馬寮
豐樂院
朝堂院
勘解由使
朝所
御井
中務廚
太政官
文殿
宮內省
大炊寮
談天門
郁芳門
治部省
民部省
廩院
神祇官
會昌門
主稅寮
主計寮
右馬寮
判事
刑部省
彈正台
兵部省
應天門
式部省
主稅廚
民部廚
主計廚
式部廚
侍從廚
雅樂寮
皇嘉門
朱雀門
美福門

大內裏

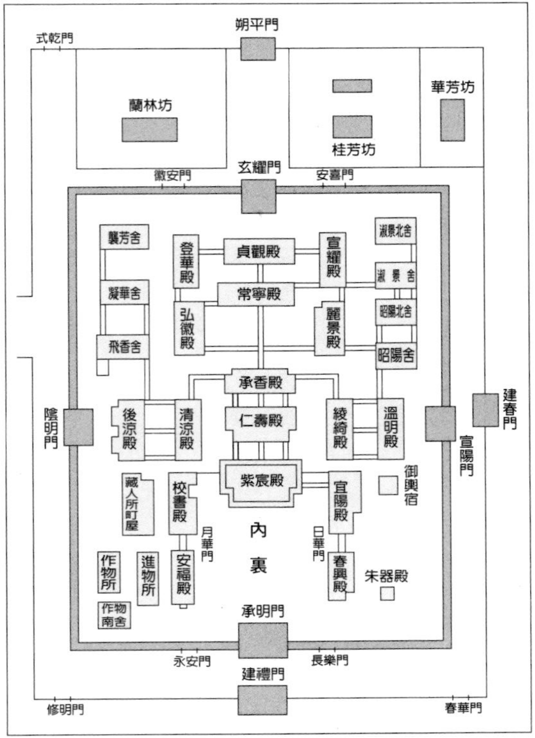

朔平門
式乾門
華芳坊
蘭林坊
桂芳坊
玄耀門
徽安門
安喜門
襲芳舍
登華殿
貞觀殿
宣耀殿
淑景北舍
淑景舍
凝華舍
常寧殿
弘徽殿
麗景殿
昭陽北舍
飛香舍
昭陽舍
承香殿
建春門
陰明門
後涼殿
清涼殿
仁壽殿
綾綺殿
溫明殿
宣陽門
紫宸殿
藏人所町屋
校書殿
宜陽殿
御輿宿
月華門
內裏
日華門
作物所
進物所
安福殿
春興殿
朱器殿
作物南舍
承明門
永安門
長樂門
建禮門
修明門
春華門

內裏（皇宮）

目錄

月琴姬

一

安倍晴明宅邸的院子，已開始塗上一抹春色。

耀眼的淡綠色繁縷[1]和薺菜從池邊探出頭來，白梅也開了八成。

甘甜的梅香溶化在大氣中，飄進晴明和源博雅的鼻子。

那香味眞是馥郁又惱人。

兩人坐在窄廊[2]上喝酒。

無風。

文風不動地聞著那梅香，香味似乎益發濃烈起來。

伸手舉杯送到脣邊，袖子微微晃動著大氣時，又會飄來一陣新的梅香。

酒香和梅香混爲一體，即便不喝酒，光聞那香味，便會令人陶醉萬分。

雖然是午後，太陽仍高掛上空。

明亮陽光照射在晴明與博雅身上。

「博雅，你怎麼了？」開口的是晴明。

「怎麼了是什麼意思，晴明？」博雅將酒杯停在半空反問。

「你今天話說得很少呢。」

晴明說的沒錯。

1 繁縷（はこべら，hakobera），學名*Stellaria media*，一至二年生草本。為春天七草之一。俗名鵝腸草或雞腸草。

2 原文為「簀子」（すのこ，sunoko），平安時代的建築方式，最外面的長廊沒有牆壁，由板條製成，可以讓雨水漏到板條下的地面。

若是平常，只要幾杯酒下肚，博雅一定會忍不住對著那些嫩綠得令人嘆氣的春草顏色或梅香，說出幾句浮上心頭的感慨；然而今天的博雅卻格外安靜。

「說的也是……」博雅竟然老實地點頭。

「發生了什麼事嗎？」晴明問。

博雅沒回答，只是喝乾杯內的酒，再將杯子擱在窄廊上。

「這個啊，晴明，其實我也不明白到底發生了什麼事。」

「是嗎？」

「而且……」博雅說到一半又閉嘴。

「怎麼了？」

「老實說，那個……」

「那個到底是哪個？」

「沒什麼，就是那個……」博雅說到此，垂下臉接道：「還是不說算了。」

「怎麼不說呢？博雅，你說說看。」

「不，還是不說算了。」

「爲什麼？」

「我若說出來，你一定會笑我。」

「那要看你說的內容。不過，如果我笑會讓你不高興，那我絕對不笑。」

「我有說過我會不高興嗎？」

「你沒說。抱歉，我剛才說的只是比喻而已。」

「就算是比喻，我聽了也會不高興。」

「看吧，說來說去你還是不高興了。」

「我沒有不高興。」

「那你願意說出來嗎？」

「不說。」

話題又轉回去了。

「是女人的事吧。」晴明道。

「你、你在說什麼？無緣無故的。」博雅狼狽不堪。

「果然是女人的事？」

「不，不是，不是女人……」

「不是女人嗎？」

「唔，唔……」

「果然是女人。」

「你怎麼知道是女人的事？」

「喏，你承認了。」

「我沒有承認。我只是在問你，你爲什麼認爲是女人的事？」

「因爲寫在你的臉上。」

「寫在我的臉上？」

「你眞是個老實漢子。」

「喂，晴明，你不要逗我。老實說，我目前正爲了這件事而大傷腦筋。而且，我想，這事很可能跟你的專長有關。本來打算找你商量，所以才來這兒，結果來了後……」

「來了後又怎麼了？」

「面對你，我益發說不出口。可是，我剛才打算鼓起勇氣說出，你竟然先說出那種話，害我更難以啓齒。」

「抱歉，博雅。我早就看出你想對我說些什麼，所以先開口想套你說，沒想到……」

「沒想到一開口就情不自禁逗起我來了？」

「對不起。」

「算了，這樣一來，我反倒比較輕鬆。」

「你願意說了嗎？」

「你願意聽我說嗎？」

「嗯。」晴明點頭。

博雅重新坐正，壓低聲音說：「那個，會出現。」

「出現？」

「會出現女人。」博雅說畢，瞪著晴明道：「晴明，你笑了。」

「我沒笑。」

「有，剛才你的嘴角不是微微動了一下？」

「那是你多心。」

「不，不是我多心，確實動了一下。」

「跟平常一樣啊。」晴明若無其事地說。

博雅想起，晴明的紅脣看上去總是隱約含著甜酒般的微笑。

而同博雅聊天的此刻，只要認爲他在笑，確實也可以看成是笑容。

「唔唔……」

「結果，女人怎麼了？」

晴明催促答不出話的博雅繼續說下去。

「剛剛不是說了，會出現嘛。」

博雅死心，說起事情的來龍去脈。

二

深夜——

熟睡中的博雅突然察覺某種動靜。

最初是味道。

是一種甘美的味道。

博雅在半睡半醒中，以爲那是梅香。

他以爲是院子裡正開始綻放的梅香，隨著夜氣飄進寢室。

可是，那味道似乎不是梅香。

雖然同樣是甘美、令人覺得舒服的味道，但似乎與梅香不同。

倘若是花香，應該是陌生的異國花香。

要不然就是博雅至今從未聞過的薰香。

難道是有人在某處焚香？

博雅如此胡思亂想之時，這才發現自己雖然閉著雙眼，卻不知何時已經醒來。

醒來時味道仍在。

這麼說來，那味道不是在夢中聞到的。

博雅在黑暗中睜開雙眼。

之後，看到了那名女子。

是個年輕女子，年約二十出頭。

奇怪的是，明明身在黑暗中，博雅卻能清晰地看到那女子。

自己家中柱子或幔帳之類擺設的所在位置，平日便很熟悉，因此博雅在黑暗中也勉強可以看到那些擺設隱約的影子。

但對陌生人來說，四周只是一片漆黑而已。

然而只有那女子的身姿纖毫可見。

女子坐在枕邊，凝望著博雅。

她那雙大眼睛的形狀和束在頭頂的髮髻、高挺鼻梁、豐滿嘴唇，以及唇間露出的白皙牙齒，都能看得一清二楚。

身上穿的不是倭國服裝。

薄衫似的衣物裹住她的身軀，髮髻、脖子、手腕都或垂或掛或戴著博雅從未看過的裝飾品。

薄衫下的身體似乎纏著一件有顏色的布料。

不是唐服——

這點博雅看得出來。

佛經上的菩薩或天竺天女恐怕也沒這麼美。

是個異國美女——

博雅雖然很驚訝，卻沒大聲叫出來，因爲他立即明白女子不會傷害他。

「畢竟我跟你一起經歷過種種事，已能不輕易動聲色。」博雅對晴明說。

「之後呢……」

「嗯。」

博雅點頭，繼續說明。

那女子以極爲傷心的眼神凝望著博雅。

她察覺博雅醒來後，張開柔軟雙脣似乎想說什麼。

女子的嘴脣在蠕動。但是發不出聲音。

博雅在寢具上坐起，問女子：

「妳怎麼了？妳想對我說什麼嗎？」

女子再度張開口，似乎拚命想對博雅說些什麼，但是只見她嘴脣在蠕動，卻聽不到任何聲音。

女子的眼神瞬間變得很悲哀，接著又焦躁地微微扭動身子。然後再度張開嘴脣，卻依舊發不出聲音。

女子以悲傷眼神凝望博雅。雙眼含淚。

「妳怎麼了？有什麼傷心事嗎？」

博雅溫柔地問對方，但女子還是發不出聲音。

過一會兒，女子的身姿突然消失在博雅眼前。

「她消失時的那個眼神，看上去很悲哀，很痛苦，讓我很難受，晴明……」

之後，博雅再度躺下入睡。

翌朝，博雅醒來後，總覺得昨晚的事很可能是夢。

那到底是什麼意思？

如果當它是夢，事情便可以了結。

只是，那女子的悲哀眼神和發不出聲音的嘴脣動作，令博雅耿耿於懷。

總之，那應該是一場夢——

眞是一場不可思議的夢。

博雅本來打算如此了結這件事……

「怎麼了？」

「晴明，第二天晚上她又出現了。」博雅道。

第二天晚上也一樣。

夜晚熟睡時，又聞到那陣香味而醒來。

醒來一看，昨晚那名女子再度坐在枕邊。

「小姐呀，小姐呀，妳到底是誰？找我有什麼事嗎？」

博雅如此問對方，對方沒回應。

不，那女子蠕動著嘴脣想回答，只是發不出聲音。

然後，不知何時，女子又消失了。

「原來如此。」晴明點頭。

「晴明啊，到昨晚爲止，這事已持續了五天……」博雅說。

三

「那女子並不令我感覺害怕。」博雅以誠摯認眞的表情說：「如果我覺得害怕，早就來你這兒。這五天一直沒來的理由是……」

「是不想因爲女人的事而被我取笑吧？」

「嗯。我以爲過幾天就不會再出現，可是，連續五天都出現的話……」

「今晚大概也會出現吧。」

「會出現嗎？」

「應該會。」

「唔，嗯。」

「博雅，你想不出原因嗎？」

「想不出。」

「你是不是對某位宗姬求愛過，事後又不理人家了……」

「晴明，你老是愛說這種話，這是你的缺點。」

「不過，也許是你在無意中結下了某段緣分也說不定。」

「你這樣說，我也想不出來。」

「若是你，確實有這種可能。」

「不可能。」

「既然是五天前的夜晚，那麼，五天前的中午或六天前，你身邊有沒有發生過特別的事……」

「唔……」博雅歪著頭思考了一會兒，答道：「沒有。」

「你不能光憑自己的主觀判斷有沒有發生過事情。你再想想看……」

「啊，對了……」

博雅似乎想起某事，自顧自點頭。

「發生了什麼事嗎？」

「嗯。在那前一天，皇上讓我保管的阮咸……也就是六天前，我送到宮內還給皇上。」

「哦，是阮咸？」

阮咸是一種很類似琵琶的弦樂器。

音箱並非如琵琶那樣是茄子形，而是正圓形，有著細長如鶴的頸。晉朝時便已經定形。

唐代時被稱爲秦琵琶，之後又演變爲月琴。阮咸正是此種樂器的原型。

「是一把嵌上螺鈿花紋的紫檀琵琶……」

「喔，那不就是吉備眞備大人往昔自唐國帶回來的珍寶嗎……」

「是的。」

琴身、琴框、琴桿、琴頭、琴軸等全是紫檀製成。

「那把琴眞的很美……」博雅腦中憶起那把阮咸似地道。

貼在面板上的面皮，四周飾以金箔鑲邊，銅綠底上畫有花樹。

以朱、白、綠色彩繪的花樹，垂掛著幾串葡萄。

面皮斜上方的兩個圓形裝飾，是細雕的六瓣花，這也是用螺鈿嵌上的，花蕊和每一片花瓣中央都嵌有琥珀，下方施以紅綠色彩。

覆手是木製，以金箔爲底上貼玳瑁，再以螺鈿與琥珀嵌成花瓣紋裝飾。

至於琴身中央的花紋，是環繞著八朵花苞的複合八瓣唐花紋——四周有兩隻各自啣著瓔珞的鸚鵡，也是以大量螺鈿嵌成。鸚鵡眼睛、翅膀與瓔珞等均使用紅、黃色的琥珀和玳瑁。

「而且，不只外形美，彈奏時，會讓人覺得天地都和著琴聲共鳴起來。」

博雅陶醉地嘆道。

「然後呢？」

「嗯，這把阮咸雖然幾乎全用紫檀製成，但只有面板不是紫檀製。」

「是嗎？」

「你猜是用什麼製成的？」

「猜不出，博雅，你說吧……」

聽晴明這樣說，博雅挺直背脊開口：

「晴明啊，我想你也應該知道，佛陀是在天竺沙羅雙樹[3]下入滅……」

「嗯。」

「那玄奘法師自唐國出發抵達天竺時，據說這株沙羅雙樹掉落一根粗大樹枝，被砍成數段。玄奘法師帶著其中一段回到唐國。」

「是嗎？」

「因爲這樹枝非常珍貴，當時的皇帝便命名匠用那段沙羅雙樹枝製成面板，做成一把阮咸。之後吉備眞備大人自唐國回來時，拜領的贈物正是這把阮咸。」

---

3 沙羅樹即娑羅樹，學名 *Shorea robusta*，龍腦香科娑羅樹屬，多年生喬木，產於印度及馬來半島雨林。木材堅固，可用來製作傢具或建材，又可供作藥用或香料。為佛教聖樹之一。

「原來如此……」

「前些日子，皇上在宮中讓我拜見這把阮咸，我彈了後，發現它的音色非常美，實在捨不得放手，就請皇上暫時借給我彈。」

「唔。」

「大概將近一個月，我每天都彈著這把阮咸，後來覺得借太久不好意思，應該還給皇上，於是在六天前……」

「你就把它還給那個男人了？」

「喂，晴明，你每次都稱皇上爲『那個男人』，習慣眞壞。每次聽你這樣稱呼皇上，明明不是出自我口中，卻總是聽得心驚肉跳。」

「別擔心，我只在你面前才會這樣稱呼他。」

「搞不好不知哪天或在什麼地方會被別人聽到。」

「聽到就聽到，無所謂。」晴明一副不在乎的樣子，「那麼，那把阮咸現在在哪裡？」

「在這裡。」

「這裡？」

「此刻放在我的牛車內。」

「啊？」

「皇上賜給我了。」

「什麼？」

「今天皇上傳喚我入宮，是皇上在宮內親手賜給我的。」

「博雅，這到底是怎麼回事？」

「這其中有種種理由。」

「什麼理由？」

「據說這把阮咸發不出聲音。」

「發不出聲音？」

「嗯，發不出聲音。」

當天博雅回去後，皇上心血來潮地抱著阮咸想彈彈看。

卻發不出聲音。

皇上抱著阮咸用撥子撥動琴弦。

按理說，琴弦應該會震出優雅音色，但那天琴弦卻文風不動。

無論再怎麼用撥子撥，都只發出宛如敲打布料的撲撲聲。

讓其他人試彈，照樣發不出聲音。

有人認爲也許是琴弦太鬆或太緊，用盡各種方式調整琴弦，但無論怎麼調整，琴弦依然發不出聲音。

皇上和近臣都束手無策，於是下令：

「傳喚博雅入宮。」

於是，博雅就在今天入宮了。

「阮咸發不出聲音。」皇上對博雅說。

「這把阮咸在借給你彈的這段期間，你沒弄壞它吧？」近臣問博雅。

「絕對沒有。」博雅答。

「你現在當場彈彈看。」

博雅接過阮咸，抱著琵琶用撥子彈起。

噢隆……

美妙音色響起。

「唷，發出聲音了。」

「發出聲音了。」

「至今為止始終發不出聲音的阮咸竟然……」

旁人立即取走阮咸就地彈起，卻彈不出任何樂音。

而只要博雅用撥子彈，便會發出聲音。

無論嘗試幾次，結果都一樣。

在場的人重複了幾次，這才總算明白一件事。

原來，之前不管是皇上親自彈還是讓其他人彈，只要用撥子撥動琴弦，阮咸都會發出聲音，但如今竟只有博雅才能彈出樂音。

「世上眞有這麼奇怪的事。」皇上嘆了一口氣，再對博雅說：「即使是珍寶，發不出聲音的阮咸放在我身邊也沒用。」

「因此，今天皇上就將這把阮咸賜給我了。」博雅高興地說。

「我可以看看那把阮咸嗎？」晴明問。

「當然可以。」博雅答。

四

博雅在晴明面前解開紫色襯底、淺綠蠟染的綾羅袋子。

從中取出發生問題的那把阮咸。

「哇，眞是傑作。」

晴明取起阮咸，用白皙右手指尖輕輕撥動琴弦。沒發出聲音。

「唔。」晴明歪著頭。

「我說的沒錯吧？」博雅道：「除了我，沒有人能夠彈出聲音。」

晴明把阮咸橫擱在膝上，把手掌貼在面板。

「唔。」晴明微微點頭，低聲自言自語了一句：「原來如此。」再度將手掌貼在面板。

接著，他沒有移開手掌，就這樣口中喃喃唸起咒文。

是博雅從未聽過的異國語言。

唸畢，晴明再度用手指撥動琴弦。

結果——

噢隆……

琴弦響了。

「發出聲音了，晴明……」博雅一頭霧水地問晴明：「怎麼回事？晴明，你到底做了什麼……」

「我只是對她說：妳不用擔心，就算在其他人手中發出聲音，妳也已是博雅的所有物。」

「什麼時候說的？」

「剛才說的。」

「就是剛才你唸的那段莫名其妙的咒文？」

「嗯。」晴明點頭，「話又說回來，博雅，你是不是還對我隱瞞了什麼事？」

「隱瞞？」

「我是說，關於這把阮咸，你是不是還有別的事忘了對我說。」

「其他事……」

「有嗎？」

「沒有。」

「這把阮咸有名字嗎？」

「名字？」

「嗯。」

「沒有。啊，不，雖然沒有名字，但也可以說有名字。」

「什麼意思？」

「因爲沒有名字，所以我向皇上借來這把阮咸時給它取了名字。」

「取什麼名字？」

「我聽說面板是用天竺的沙羅雙樹製成的，就叫它作沙羅……」

「之後你對它說話了？」

「唔，嗯。」

「說了什麼？」

「我說，今晚我給妳取個名字，以後妳就叫沙羅。」

沙羅啊，沙羅啊，今晚妳是不是仍會發出美妙音色呢？

「啊，沙羅啊，沙羅啊，妳怎麼會發出這麼美妙的音色呢？妳怎麼會這麼美呢？我真是疼愛妳啊……」

晴明模仿博雅的口氣這樣說後，再對博雅道：

「反正你這個人，一定像在對女子喃喃細語那般，對著它說出這些話吧？」

「確實說了……」

「原因正是這點。」

「這點？」

「我以前不是對你說過了？對某樣東西取名字，等於是對那樣東西的存在本身下咒……」

「什……」

「嗳，算了，今晚你應該就會明白。」

「今晚？」

「我今晚到你家去。」

「你要到我家？」

「嗯。」

「唔，唔。」

「我要去。」

「嗯。」

博雅完全不知道是怎麼回事，但還是點了頭。

「走。」

「走。」

事情就這樣決定了。

五

夜晚——

博雅和晴明坐在昏暗中喝酒，僅有一燈如豆。

兩人身在博雅宅邸。

而平日博雅鋪著寢具入睡之處，擱著自綾羅袋中取出的阮咸——沙羅。

「喂，晴明，你快告訴我嘛。」博雅自剛才起就焦急萬分。

「告訴你什麼？」晴明裝糊塗地把酒杯送到脣邊。

「你特地到我家來，到底打算做什麼？」

「什麼也不做。」

「什麼也不做？」

「我只是在等待。」

「等待什麼？」

「等待那位美女出現。」

「她不是只在我單獨一人熟睡時才會出現嗎？」

「到昨晚爲止，也許是這樣。」

「今晚呢？」

「當然會出現。」

「你怎麼知道？」

「中午我就告訴她了。」

「告訴她？」

「我對她說，我今晚會在博雅宅邸等她來。」

「什麼？」

「那時，其實也可以讓她出現在我家，不過那樣未免太缺乏情趣。何況也要給人家小姐一點心理準備吧。」

「你到底在說什麼？」

「這種事啊，不能急。只要耐心等對方自然出現就好了。」

晴明剛說完，噢隆……阮咸的一根琴弦便已發出輕微聲響。

「看吧。」

「什……」

「已經出現了。」

晴明還未說畢，阮咸一旁便出現一個女子身姿。

女子站在晴明與博雅面前。

果然如博雅所說那般，女子身上飄出無可言喻的香味。

是個身裹異國服裝、大眼睛的美女。

「妳終於來了。」晴明道。

女子微微欠身點頭。

她抬起臉，張開口。聲音自她的雙脣滑出。

「說、說話了，晴明。」

然而博雅聽不懂女子在說什麼。

「她是說——我是沙羅，博雅大人您給小女子取了名字，小女子能成爲您的所有物，感到很高興。」

「晴明，你聽得懂她說的話？」

「嗯，她說的是天竺話，是梵語。天竺第一本佛經正是用這種語言寫的。」

晴明用博雅聽不懂的天竺話對女子說了什麼。

女子面露笑容點頭。

「你說什麼？你對她說了什麼？」博雅問。

「博雅，你別急。等我們把話談完，我再慢慢說給你聽。」

晴明說畢，再度跟女子對談起來。

女子同晴明對談了一陣子，再望向博雅，徐徐地行了個禮，抬臉。

脣角浮出筆墨難以形容的微笑。

不久，笑容逐漸淡去，接著，女子突然消失。

「喂，喂，晴明，她消失了。她去了什麼地方嗎？」

「她什麼地方都沒去，不就在那裡嗎？」

晴明用眼神指向擱在燈火旁的阮咸。

「那裡？」

「簡單說來，沙羅姬就是那把阮咸的精靈。」

「什……」

「你要知道，沙羅姬是目睹佛陀入滅的沙羅樹。之後，又跟著玄奘法師一起走過遙遠旅途，最後在唐國被當地最傑出的名匠製成阮咸，會成爲精靈一點也不奇怪。」

「唔……」
「再說，她又跟著吉備眞備大人一起渡海來到我日本國，又躺在音樂大師源博雅手中被彈奏，甚至給她取了名字。這道理，跟我把特別美的一串藤花取名蜜蟲，把她當成式神一樣。」
「式神？」
「博雅，換句話說，你在不自覺中給那把阮咸取了名字，創造出你自己的式神了……」
「什麼?!」
「你創造出式神，卻毫無自覺，竟然自己拋棄了式神……」
「可是，那本來就是皇上的……」
「此事已與沙羅無關了。」
「……」
「看吧，我說的沒錯吧？」
「什麼意思？」
「我中午不是對你說過了，你這個人啊，確實有這種可能。」
「……」
「我不是問了嗎？你是不是對某位宗姬求愛過，事後又不理人家了。」

「……」
「我說的果然沒錯。」
「可是，這個跟那個……」
「博雅，道理是一樣的。」
「唔。」
「所以沙羅小姐才不發出聲音。她知道如果故意不發出聲音，那個男人一定會傳喚你入宮。她認爲，只要有人能讓發不出聲音的她發出聲音，那個男人也許會將她賜給對方。最後果眞如此。因此她每晚出現在你枕邊，催促你快點入宮。但是，發不出樂音的阮咸當然也說不出話來……」
「就算說得出話，也是異國語言，我也聽不懂……」
「正是如此。」
「你剛才跟阮咸……不，是沙羅小姐，談的就是這事？」
「嗯。」晴明點頭，又浮出笑容問：「博雅，你打算怎麼辦？」
「什麼意思？」
「沙羅小姐可是你的式神啊。」
「眞的？」
「當然是眞的。」

「那我該怎麼辦才好？」

「該怎麼辦呢……」

晴明逗弄博雅般地微笑著，伸手取起酒杯。

「總之，今晚我們就閒閒地喝酒吧。」

「喝、喝酒是無所謂……」

「我想，應該先疼愛她一番吧……」

「疼愛？」

「喔，沙羅呀，沙羅呀，妳怎麼會發出這麼美妙的音色呢……」晴明模仿博雅的聲調說。

「晴明，不要逗我。」

「我不是在逗你。我叫你疼愛她，是叫你彈她的意思。對了，博雅，今晚你就爲我彈奏那把沙羅好不好……」

「唔，嗯。」

「博雅啊，其實你具有比我傑出的力量，只是你不自覺而已。不過，這正是你的優點，這才是眞正的你，才是名爲博雅的好漢子。正因你沒有意識到自己的力量，才能撼動這天地，撼動我晴明的心。」

「……」

「你的樂音，比酒更能令我酣醉。」

「眞的？」

「嗯。」晴明點頭。

博雅取起沙羅，抱在懷中，再握住撥子，噢隆……彈起來。

沙羅欻欻響起。

博雅閉著雙眼，側耳傾聽自己彈出的琴聲。

晴明則將手中的酒杯停在半空，陶醉地閉眼傾聽琴聲。

「博雅，你太厲害了……」

陷入忘我之境的博雅，似乎已聽不到晴明的低聲呢喃。

六

到了後世，據說工匠爲修理沙羅，剝開面板時，發現面板內側有以螺鈿花紋鑲嵌而成的天竺天女畫像。

花占卜女

一

野菊花開了。

秋草茂盛的晴明宅邸庭院，四處可見盛開的淡紫色野菊花叢。

雖然敗醬草[1]和龍膽、桔梗也開了，但今年野菊最早綻放，比庭院其他花草開得更繁茂。

庭院吹拂的風中，隱約含著野菊花香。

「晴明，這味道眞香。」

博雅將右手所持的酒杯送到脣邊。

「春天是梅香，秋天還是這菊花香比較沁人心脾，聞起來很舒服。」

博雅喝了幾口酒，又將酒杯擱回窄廊。

晴明和博雅坐在晴明宅邸窄廊上。

跟往常一樣，晴明輕鬆地背倚柱子，支起單膝喝著酒。

晴明的紅脣也如常泛起一絲微笑，彷彿酒中另外含有甘蜜。

「喂，博雅。」晴明頓住打算送到脣邊的酒杯，開口道。

「什麼事，晴明？」

「少了一樣東西。」

1 日文為「女郎花（おみなえし，ominaeshi）」，學名 *Patrinia scabiosaefolia*，為多年生草本植物，秋天七草之一，中藥上多用於清熱解毒。

「什麼東西？」

「香味。」

說畢，晴明一口氣喝下杯中酒。

午後陽光射進庭院，照在一叢野菊上。

晴明正望著那叢野菊。

「香味？」

「春、夏、秋、冬，這四季中不是經常飄蕩著另一種你喜歡的香味嗎？」

晴明的視線自庭院移回博雅身上。

「你到底在說什麼？我完全聽不懂。」

「是酒。」晴明將空酒杯擱回窄廊。

「酒？」

晴明取起盛有酒的酒瓶往博雅的杯內邊斟邊說：

「你不是最喜歡這香味嗎……」

哼！

博雅情不自禁緊閉雙唇，又立即鬆開嘴唇。

「唔，是不討厭……」博雅壓低聲音道：「可是，晴明，花香和酒香，二者分不出高低呀。各異其趣，也各有千秋。」

「我知道。」

「可是，你剛才不是說我最喜歡的是……」

「抱歉。」晴明擱下酒瓶笑著說：「喝吧，博雅。」

「唔，嗯。」

博雅再次取起盛滿酒的酒杯送到脣邊。

此時——

身著十二單衣的蜜蟲進來，雙手貼在窄廊上說：

「有客人求見。」

「是誰？」晴明問。

「是橘正忠大人。」

「請他到這兒來吧……」

「是。」

蜜蟲消失後，博雅問：「喂，晴明，這樣好嗎？」

「什麼好不好？」

「我在這兒好嗎？」

「無所謂。是我跟你有約在先。再說，我已經告訴正忠大人，這時刻你跟我在一起喝酒。」

「喝酒？」

「不，我是告訴他，這時刻我與你在一起。他說事情十萬火急，所以我就向正忠大人說，如不介意你也在場，那就來吧。結果我忘了告訴你這件事。」

「唔。」

「那又有什麼關係？反正正忠大人早知道我跟你的交情。而且，他找我的事似乎跟菊花有關。」

「菊花……」

「或許可以多一樣致趣之事，讓我們的酒更美味。你就陪我一下吧。」

「嗯。」

博雅點頭時，腳步聲已響起，蜜蟲領著橘正忠進來了。

二

正忠直接坐在窄廊上。

雖然窄廊另外準備了圓草墊，但窄廊畢竟是窄廊。

只是，官位比正忠高的博雅已經坐在圓草墊上頭，正忠也只能直接坐在窄廊地板上了。

彼此簡短地寒暄一番後，晴明問：

「大人您先說明吧。」

橘正忠神色緊張地舔了兩次乾燥的嘴唇，開口道：

「老實說，會出現。」

「出現？」

「是女人。」

「女人？」

「是。」橘正忠點頭。

正忠再度舔著嘴唇，望著晴明說：

「大約十天前，我買了一棟宅邸。是堀川附近三條大路的一棟宅邸，近一年來一直是空屋。」

「是不是原爲紀道明大人所居住的那棟菊宅邸？」

「是的，正是紀道明大人以前居住的那棟宅邸。」

「我曾經去那棟宅邸賞過幾次菊花。」博雅道。

「每逢此時節，庭院中大朵白菊盛開，那景色實在很壯觀。現在也……」

正忠說。

「現在也盛開了？」博雅問。

「是。」正忠點頭。

那棟宅邸通稱紀道明的菊宅邸，在宮中非常有名。

主人紀道明喜歡菊花，故在庭院種了許多。

起初只有一、二株，後來愈發喜歡，逐漸增加至三、四株，到最後整個庭院都是菊花。

而且在所有菊花中，他特別喜愛花朵大的白菊，因此盛開的菊花幾乎都是此種白菊。

每逢秋天，宮中一些風雅人士會聚集在菊宅邸內賞花，舉辦和歌大會之類的活動。

一年前，同樣是菊花盛開時節，菊宅邸主人紀道明竟然失蹤了。

夜晚明明在宅邸內熟睡的紀道明，第二天早上突然行蹤不明。

寢具原封不動。

也沒有強盜侵入的動靜。

更沒有物品失竊，或有人翻動過屋內的痕跡。

只有紀道明失去了蹤影。

倘若他在睡眠中死亡，寢具上應該有他的屍體，卻連屍體也沒有。

從種種跡象看來，只能判斷是他自己在深夜離開了宅邸。

可是，如果是他主動離開，便是他既沒通知任何人也沒使用牛車，單獨一人徒步離開宅邸。

眾人認爲他或許前往女子居所訪妻留宿，讓下人找遍所有他可能去的女子居處，結果也沒消息。

那以後，紀道明始終沒回來。

「難道受菊花誘惑，前往某個地方？」

「是不是被菊花吃掉了？」

「不是菊花，應該是被妖鬼抓去啖噬了。」

宮中傳出這種謠言。

由於此事令人發毛，宅邸沒有人住，變成空屋，最後由正忠買下這棟宅邸。

「我不是看中那棟宅邸，而是想要那些菊花……」正忠道。

「會出現女人是什麼意思？」晴明問。

「是。每天晚上都會出現一個身穿白衣的女人，拔著菊花瓣數數兒。」

正忠說畢，擦拭著額頭冒出的汗珠。

三

橘正忠在十天前買下菊宅邸。

他遣人到宅邸整理了荒廢的室內和庭院，修理損壞的地方。之後，再搬入各種家具和其他什物，四天前總算把宅邸整理成可供人居住的樣子。

剛好趕得及菊花盛開時節。

正忠非常高興。

四天前第一個夜晚——

正忠特地把寢具搬到可以好好欣賞菊花的地方，打算在那兒就寢。

只要進入臥房，躺在臥鋪歪頭一看，眼前便是庭院，可以看到盛開的白菊。

他又把帳幔等會妨礙自己觀賞庭院的家具全部撤掉，所以視野內沒有任何障礙物。

眞要挑毛病，就只有自庭院侵入的夜氣很冷，不過待在臥鋪內的話，倒也沒什麼大礙。

冰冷的夜氣反倒令人覺得很舒服。

就著月光，可以看到黑暗中如夢幻般盛開的白菊。

閉上眼睛的話，則可以聞到菊花香。

呼吸時，甘醇美酒般的菊香會自鼻孔滲入體內，令人感覺身體各個角落都充滿這香味。

半睡半醒時，只要一睜開眼睛，白菊便在眼前。

睏了時，只要閉上眼睛，就能聞到菊花香。

如果再度睜眼，又可以看到沐浴在月光下的白菊。

我終於得到了紀道明的菊花——

至今爲止也有幾個人想得到這棟宅邸，但此刻這棟宅邸是自己的。

橘正忠就沉浸在這深切的滿足感中，不知不覺進入夢鄉。

然後——

正忠在半夜突然醒來。他聽到某種聲音。

一……

二……

是數數兒的聲音。

而且是細微的女人聲。

正忠睜眼。眼前是庭院。

庭院中站著一個朦朧白影。

正忠起初以爲那是白菊。

然而，仔細瞧著瞧著，正忠的神智逐漸清醒，這才看清了那個白影的輪廓。

不是白菊。

是人。

而且似乎是個女人。

三……

四……

五……

身穿白衣的女人站在白菊盛開的庭院中。而且口中數著數兒。

再仔細一看，原來女人把大朵白菊握在胸前，正以白皙細長的指尖一瓣一瓣地拔下花瓣丟棄在庭院。

那女人在拔下花瓣時——

六……

七……

八……

口中發出細微聲音，數著她自己拔下的花瓣數。

女人站在蒼白月光中。

聲音哀哀切切。

九……

十……

數到這兒，女人說：「那人還是沒來……」說畢，仰起臉龐。

正忠看清了她的臉。是個美女。

在夜裡看去，也可以看清她那雙大眼睛和紅脣。

女人以極爲哀傷的眼神望向半空。

十一……

十二……

十三……

再度開始拔著手中的白菊花瓣。

那女人爲什麼出現在庭院中？

她爲什麼在做那種事？

是人嗎？或者不是人，而是白菊精靈？

——喂，白菊姬，妳到底是誰？在那邊做什麼呢？

正忠想這樣問對方。然而，正忠最終還是沒法詢問。

二十……

因爲女人數到此，突然就像溶化在月光裡一樣，消失了。

那女人果然不是人。正忠如此想。

翌朝，環視庭院時，正忠發現整個庭院鋪滿了女人拔下的白菊花瓣。

下人打算清掃那些散落花瓣時，正忠出聲阻止。

「慢著……」

他讓那些散落的花瓣保持原狀。

之後——

第二天晚上，女人又出現了。

那時，正忠跟前夜一樣正迷迷糊糊地半睡半醒——

一……

二……

他聽到女人的聲音而醒來。

望向庭院，又看到那個身穿白衣的女人。

女人跟昨晚一樣，手中握著一朵白菊，邊拔花瓣邊數著數。

這是妖物嗎——正忠心想。

只是，即使是妖物，也是個美女。

而且看上去極爲哀傷。

正忠終於忍不住開口：

「請問，妳到底是誰呢？爲什麼在那邊拔菊花瓣呢？」

然而，女人沒答覆。只是在月光中拔著菊花瓣。

三十……

三十一……

那天夜晚，女人數到三十一便消失。

第三天晚上，女人再度出現。

「妳叫什麼名字……」正忠問，女人依舊沒回答。

只是用寂寥的表情，兀自數著花瓣。

四十一……

四十二……

那晚，女人數到四十二，消失了。

然後是第四天——也就是昨天晚上，女人又出現。

出現後，依舊數著白菊花瓣。

七十八……

七十九……

女人數到七十九。

「今晚也沒來……」女人以幾不可聞的低微聲音如此說。

「喂，白菊姬，妳能不能告訴我妳的名字？妳到底爲什麼要以那種悲哀神情數著花瓣呢？到底是誰沒來這兒呢？」

女人仍然不回答。默不作聲地消失。

「這正是昨晚的事。」正忠說。

四

「那女人到底是誰？又爲什麼要那樣做？眞讓我掛心。」

「您絲毫不感到可怕或恐懼嗎？」晴明問。

「是。她雖然是個妖女，但我並非因爲害怕才來找晴明您……」

「那麼，您的目的是……？」

「我只是想知道那女人的表情之所以會那麼悲哀的理由。」

「知道理由後，您打算怎麼辦呢？」

「如果可能，我想化解那女人的悲哀。」

「原來如此。」

晴明用手指支著下巴，沉默地思考了一會兒。

「我明白了。」他望著正忠點頭道：「總之，今晚我會去拜訪貴府。」

「喔，您願意光臨嗎？」

「是的。反正我也想有幸親見一次紀道明大人的菊花。」

「太好了。」

正忠三番兩次地低頭行禮，向晴明道謝後告辭而去。

「事情變得很有趣。」正忠離去後，晴明如此說。

「有趣？」

「嗯。」

「什麼事有趣？」

「博雅，因爲這樣一來，我不但可以觀賞紀道明大人的菊花，也可以聆聽你吹的笛聲……」

「笛聲？晴明，難道我也要去……」

「反正你閒著沒事吧，我好久沒聽你吹笛，很想聽。」

「吹笛當然沒問題，只是，我若跟著去……」

「你不用擔心。正忠大人似乎也有此意。」

「可是……」
「你不想去？」
「唔。」
「你不想去觀賞道明大人的白菊嗎……」
「想、想看。」
「那不就行了？聽說目前正逢花期。」
「唔，嗯。」
「去嗎？」
「嗯。」
「走。」
「走。」
事情就這樣決定了。

五

兩人在天黑之前抵達菊宅邸。
跟隨下人跨進那庭院時，第一個大叫出來的是博雅。

「哇，太壯觀了。」

菊花確實很美。

整個庭院放眼望去都是幾乎高達人胸部的盛開白菊。

庭院瀰漫著菊花香，光是呼吸，全身就會薰染上菊香似的。

菊花之間鋪有供人行走的石塊步道，也有可以讓人自由轉身的地方。

「那女人是不是站在這裡？」晴明問正忠。

「是的。」正忠點頭。

博雅把視線自菊花上頭轉向地面，說：「許多花瓣掉落在這兒……」

「那一帶都是花瓣，全是我說的那位白菊姬拔落的。」

「那天以來，您從未打掃過嗎？」

「一次也沒打掃過……」

正忠似乎在回憶女人的身影，閉上眼睛回答。

晴明望著腳邊，兀自點頭道：「喔，原來這些就是那女人拔落的花瓣。」

過一會兒——

「我已經大致繞了一圈。天快要黑了，我們還是邊喝酒邊等那位白菊姬出現吧……」

晴明仰頭低語，似乎在說他已經看過所有必須查看的地方。

六

夜晚來臨，飄蕩在夜氣中的菊香益發濃郁。

那香味令人感覺似乎稍微溫暖了冰冷的夜氣。

晴明和博雅坐在菊宅邸窄廊上。

僅有一燈如豆，兩人相對而坐喝酒。

這跟在晴明宅邸喝酒時的光景沒什麼兩樣，相異之處是整個庭院開滿了白菊，以及橘正忠也坐在離兩人不遠處的窄廊上。

晴明和博雅互相弄盞傳杯，悠閒自在地喝著酒。

正忠只是文風不動地坐著，不伸手取酒杯。

「一起喝呀……」

兩人勸他喝酒，但正忠只是徐徐搖頭，默不作聲。

不久，月亮自屋簷後露臉，蒼白月光照在庭院。

月光中，整個庭院都是盛開白菊的光景，令人讚嘆不已。

「眞是太美了……」博雅輕輕吐息般說道。

菊花總數約有一千朵。

花香味在月光中愈加濃郁。

「吶，晴明啊。」

博雅忘了正忠也在一旁，以平常只有兩人相處時的口氣向晴明搭話。

「什麼事？博雅……」晴明也和著博雅，以平素的口吻答腔。

「那位白菊姬到底是誰呢？」

「不知道……」

「大約一年前，紀道明大人不是從這宅邸內失蹤了嗎？會不會跟那件事有關？」

「很難說。」

「晴明，你剛才來這兒時，望著庭院和落在地面的花瓣，不是獨自一人莫名其妙地又點頭又出聲嗎？」

「嗯。」

「你應該已經明白了某些事吧……」

「多少明白了一些。」

「明白了一些？」

「就是還未全然明白的意思。」

「一些也可以，既然你明白了，那就告訴我吧。」

「不行，我如果先告訴你，萬一猜錯結果，事後你又會對我囉哩囉唆。」

「不會。」

「會。」

「我不對你囉唆。」

「那我只告訴你一件事好了……」

「嗯。」

「正忠大人……」

晴明不是對著博雅，而是對著坐在不遠處的正忠開口。

「什麼事？」

「白菊姬握在手中的菊花，是不是這庭院裡的菊花？」

「啊？」

「如果是這庭院裡的菊花，那麼，庭院裡至少應該有一枝菊花被摘掉花朵，只剩花莖才對吧……」

「哎，我完全沒想到這點。我一直以爲她是摘下這庭院裡的某朵菊花，拔著花瓣……」

「不過，我剛才環視了庭院一圈，沒發現任何一枝花朵被摘掉的花莖……」

晴明說。

「喂，晴明，難道你查看了這庭院裡的所有菊花……」

「大致看過一遍。或許有看漏的地方，不過我沒發現有被摘下花朵的菊花。」

「這是什麼意思？」

「……」晴明沒回答。

「喂，晴明。」

「就是我說的那樣。至於到底是什麼意思，我也不知道。」

「唔。」

「博雅，等白菊姬出現，你再問她好了。」

「我、我問她……」

「嗯。」

「如果我問她，她會回答我嗎？」

「這個嘛，我也不知道。」

「唔……」

「博雅，你現在先不要胡思亂想。此刻我比較想聽你的笛聲，要不要吹吹看……」

「啊，嗯……」

博雅點頭，自懷中取出笛子。

是龍笛——葉二。
這是朱雀門妖鬼送給博雅的笛子。
博雅將笛子貼在脣上。笛聲自葉二滑順地流洩而出。
本來就溶有菊香的夜氣，此刻又溶入博雅的笛聲。
月光彷彿也與笛聲起了共鳴，比先前更加皎潔。
甚至可以看到月光的微細粒子在白菊四周閃爍地搖晃著。
「博雅，你好厲害……」晴明陶醉地喃喃自語。
博雅閉上雙眼，心身俱忘，彷彿醉在自身笛音中似地吹奏著。
吹了一陣子，博雅睜開雙眼，將笛子擱在膝上。
突然——
剛才還不見人影的女人已站在白菊中。
是個身穿白衣的女人。
大概是在博雅吹笛時出現的。
「晴、晴明……」博雅發出嘶啞聲音說。
噓！
晴明以眼色制止博雅繼續說下去。
那是個有著細長手指的美女。

女人以細長右手指尖開始拔掉握在左手的白菊花瓣。

一……

二……

三……

女人數著花瓣的聲音響起。

是極爲哀切的聲音。

晴明、博雅、正忠三人只是默默無言地望著女人，傾聽女人數著花瓣的聲音。

二十七……

二十八……

女人每拔下一片白菊花瓣，便隨手丟棄在腳邊。

七十九……

八十……

數到這兒，女人以傷心的聲音道：

「爲什麼今晚您也不來呢……」

之後——

八十一……

八十二……
女人再度數著花瓣。
「請問……」晴明在此時發問。
不知是不是聽到了晴明的聲音，女人首次停止動作。
她緩緩轉頭，臉龐望向窄廊上的晴明。
「請問芳名爲何……」晴明問。
「菊……」女人答。
「菊？」
「這是我的名字。」
「那麼，菊姬大人，請問妳爲什麼在那兒做那種事呢？」晴明問。
「我正在等紀道明大人前來。」
「拔著花瓣等？」
「是的。每天晚上像這樣拔著白菊花瓣，數著花瓣等他來……」
女人又動手拔掉一片花瓣。
「一夜一片……」
花瓣掉落地面。
「兩夜兩片……」

女人再度拔掉一片花瓣。

「每晚數著數著，最後超過一百夜，那人還是沒來……」

花瓣簌簌飄落。

「起初，數花瓣時很快樂。一瓣、兩瓣、三瓣地數，通常數不到三瓣，道明大人便會來我家。可是，後來數到七瓣、八瓣，不知何時開始，數到五十瓣、九十瓣時，道明大人也不來了……」

女人的聲音逐漸高昂，接著突然開始哭泣。

噢……

噢……

女人的喉嚨發出淒厲哭聲。

「啊，道明大人，道明大人……」

女人雙手緊握白菊，將花朵貼在臉頰。臉頰落下兩串淚珠。

「噢，我恨他，我恨他，他一定另結新歡了。」

女人說著說著，白皙犬齒似乎伸長了一些。

「噢，道明那傢伙，道明那傢伙……」

咻！

咻！

兩根犬齒逐漸伸長。女人在月光中左右搖晃著頭。

頭髮間噗、噗地長出兩根角。

「所以妳才做出那種事嗎……」晴明溫柔地對女人說。

「啊，今晚也不來。那人不來了。他到其他女人那兒去了……」

女人的手指又拔掉一片白菊花瓣。花瓣掉落地面。

「無論妳拔掉多少瓣，那花瓣也不會全部拔光的。」晴明說：「因爲妳拔的那個並不是花瓣……」

女人望向晴明。

「妳懷中捧著的那個，不是花朵……」

晴明的聲音溫柔地響著。

「妳拔的，是頭髮。」晴明說：「妳懷中捧著的那個東西，不是白菊花，而是道明大人的頭顱。」

晴明剛說畢，女人手腕中那個看似白菊花的東西立即幻化爲男人頭顱。

女人的腳邊——散落整個庭院的東西不是白菊花瓣，而是人的頭髮。

博雅看清了這一切。

正忠也察覺出這一切。

「晴、晴明……」

「晴明大人……」

兩人同時發出叫聲。

「噢！」

女人大叫。

「噢哦哦！」

女人抱著道明的頭顱，在白菊花叢中痛苦地扭動身子。

她在月光中舞蹈般瘋狂扭動身子，高歌般尖叫。

女人在白菊花叢中婆娑起舞。

之後——消失蹤影。

白菊花叢中只剩下滾落在地面的道明頭顱。

七

「唉，眞是令人感傷的事件啊。」博雅以感慨萬千的聲調說。

在晴明宅邸窄廊上。

夜晚——

兩人正在喝酒。

自上次前往菊宅邸以來已過了五天。

正忠照晴明所說，讓下人挖掘庭院的白菊叢地面，結果挖出原本行蹤不明的紀道明的無頭屍骸。

那位名叫菊的女人屍體，則在西京盡頭一座荒廢寺院後的森林中找到了。

「原來那位白菊姬死不瞑目，才會那樣每晚來到埋著道明大人屍體的場所，做著那種事……」

「嗯。」晴明點頭。

「正忠大人說，之後那女人就不再出現，不知菊姬是否已經瞑目……」

「很難說。」

「你也不知道？」

「也許瞑目了，也許還死不瞑目。」

兩人的屍體已被埋葬，並請和尚爲他們唸經祈求冥福。

「冬天快到了……」

晴明低聲自語，接著似乎突然感到夜氣的冰冷，合攏前襟。

「嗯……」

「再過一陣子，這庭院大概也會積滿恰似白菊的白雪吧。」

「吶，晴明啊。」博雅發出想念某人的聲音。

「怎麼了？博雅。」

「那位菊姬，眞希望她能夠瞑目……」博雅低聲道。

「嗯。」晴明點頭，以柔和的口氣說。

龍神祭

一

黑暗中有梅香味。

晴明宅邸庭院的梅花正在盛開。

夜幕降臨後，雖然風仍很冷，但已失去前陣子那種刺骨冰寒。

只要不起風，光是聞著溶入夜氣中的梅香便能令人醺醺然，甚至感覺全身似乎暖和起來。

悠揚的琵琶聲令夾雜梅香的夜氣爲之振動。

琵琶聲嫋嫋地響著。

坐在晴明宅邸窄廊上彈琵琶的是蟬丸法師。

晴明和博雅在一旁聆聽。

住在逢坂山的蟬丸來到久違的京城，造訪晴明宅邸。

既然蟬丸大駕光臨，晴明便遣蜜魚去通知博雅。

之前在羅城門自妖鬼手中奪回琵琶玄象以來，每次蟬丸到京城來時，三人總是如此聚在一塊兒。

僅有一燈如豆，三人正在喝酒。

三人膝前擱著盛有酒的酒杯。

酒杯空了時，身穿十二單衣的蜜蟲會立即往杯中斟酒。

晴明有時會伸出細長指尖舉起酒杯送到唇邊，博雅卻任酒杯擱著，喝得不多。

每當蟬丸右手所持的撥子撥動琴弦時，琴弦便會發出玉石般的樂聲。

那樂聲振動著夜氣，也振動溶入夜氣中的梅香。

每當受到琵琶聲音所振，夜氣中的梅香會愈發濃郁。

琵琶聲停止。

蟬丸收回握著撥子的手擱在膝上之後，琵琶餘音似乎仍殘留在夜氣中。

而晴明也彷彿在傾耳靜聽琵琶餘音，依舊閉著雙眼。

過一會兒——

「眞是出神入化的琴技……」晴明緩緩睜開雙眼，「那樂聲猶如美酒，仍在我胸中響著……」

「過獎，過獎。」

蟬丸將撥子收入懷中，擱下琵琶，頷首爲禮。

盲目雙眸望向庭院，自鼻孔數次吸入梅香，再喃喃自語：

「今年的春天好像提早來了。」

蒼白月光自上空射進庭院。

梅花在黑暗中發出星星點點的白光。

「博雅，你呢？」晴明問博雅。

「什麼意思？」

「你願不願意吹笛給我們聽……」晴明說。

「晴明，問題就在這裡。」博雅的聲音無精打采。

「怎麼了？」

「我今晚沒帶笛子來。」

「沒帶葉二？」

「嗯。」

葉二是博雅隨時揣在懷中，從不離身的笛——龍笛的名字。

以前博雅曾在朱雀門同妖鬼對吹一夜笛子，那時和妖鬼交換了彼此的笛子。後來一直沒再換回來，留在博雅手中的笛子原本正是妖鬼的笛子葉二。

博雅總是隨身帶著那把葉二，今晚沒帶來，可說是很稀罕。

「難道你遺失了？」

「不是。」博雅搖頭。

「那到底怎麼了？」

「這個啊，晴明，我也不大清楚。不知道是消失了還是被人偷走……」

博雅的聲音奄奄無力。一副即將哭出來的表情。
「難怪。」
「難怪什麼?」
「難怪你今天酒喝得很少。」晴明道。
博雅無言地點頭。
「那把葉二消失了嗎?」
蟬丸也知道葉二的來龍去脈。
他曾以琵琶與博雅吹的葉二合奏過好幾次。
「太遺憾了。」蟬丸微微搖晃著細長脖子。
「昨晚,我把笛子收進錦袋內,入寢時擱在我的枕邊。結果早上醒來時,笛子就消失了……」
「消失了?」
「嗯。如果有小偷闖入,我應該會醒來。而我卻整夜毫無知覺,這表示倘若有『某者』取走笛子,對方很可能不是人。難道是朱雀門妖鬼想取回那把笛子而帶走了?」
「不,妖鬼不會那樣做。如果妖鬼想取回笛子,應該會擱下你原本的那把笛子才對。」

「這樣嗎？」
「嗯。」
「所以我今天本來就打算來找你商討葉二的事。湊巧蜜魚來通知蟬丸大人來訪，剛好兩件事湊在一起，我就來了。」
「你說是昨晚消失的？」
「嗯。」
「你有沒有發現其他特別的事？」
「這個嘛，我不知道跟葉二是否有關，不過擱著葉二袋子的地方掉落一樣東西。」
「什麼東西？」
「我也不大清楚，是類似沙金的東西。」
「沙金？」
「我記得擱下葉二時，枕邊沒有那東西，無論是枕邊還是其他地方，都不可能會有沙金掉落在我家任何一處。我認為很可能是取走葉二的人不小心掉落的，要不然就是故意擱下的。」
「那粒沙金在哪裡？」
「我帶來了。」

博雅自懷中取出一張摺疊起來的紙片。
「是這個嗎？」
晴明接過後打開紙片。
果然如博雅所說那般，紙片內出現一粒黃金。
「這不是普通黃金。」
晴明將黃金放在手掌上，再擱在左手食指上湊到燈火下照看。
那金子，大小約當用米粒般的沙金再敲打成扁平狀。與其說是沙金，反而更像圓圓扁扁的金片。
晴明仔細凝望了一會兒。
「這是鱗片。」
「鱗片？」
「嗯。」
「黃金鱗片？」
「是的。」晴明將金片放回紙片上。
博雅接過紙片，也將黃金擱在指尖上用燈火照看。
「真的是鱗片。」
博雅指尖上的金片在燈火反射下閃閃發光。

「可是，這不就更莫名其妙嗎？爲什麼葉二消失的地方會掉落這種東西？」

「博雅，要不要查查看……」

「查得出來嗎……」

「要試試看才知道結果，不過應該查得出來。」

「什麼時候開始進行？」

「任何時候都可以，今晚也行。」

「今晚？」

「是啊。反正拖到明天也一樣要查。既然如此，今晚進行也無所謂。只是，看情況很可能必須出門一趟。」

「出門？去哪裡？」

「那麼……」晴明沒回博雅的問題，而是望向蟬丸。

「我無所謂。博雅大人應該也很掛慮，既然事關葉二，假若能在今晚得知眞相，我也想知道結果……」

蟬丸察覺晴明的意向而如此說。

二

窄廊上擱著一隻紙摺的烏龜。

龜殼約有人的手掌般大。

是晴明在博雅、蟬丸面前裁了紙片摺成的一隻烏龜。

晴明取起烏龜起身。

「我們下去吧。」

「下去?」博雅問。

「嗯。」

晴明點頭,牽起蟬丸的手扶他起身。

「我也去?」

「請您務必一起去。那邊的階梯下已備好鞋子。走吧。」

晴明左手牽著蟬丸前行,右手持紙烏龜。

三人步下階梯,蜜蟲左手提著燈火,右手握著剛才博雅使用的酒杯隨後跟來。

「請用這個……」蜜蟲將酒杯擱在階梯上。

仔細看,酒杯內還盛著酒。

「博雅，給我剛才那樣東西……」

「剛才那樣東西？」

「就是那個黃金鱗片。」晴明說。

博雅自懷中取出摺起的紙片，攤開在晴明眼前。

晴明自紙片中拈起黃金鱗片，將那閃閃發光的細片擱在指尖，再小心翼翼地放在酒上。

金色鱗片浮在杯中的酒面。

晴明取起酒杯擱在紙烏龜上。

接著將右手食指貼在脣上低聲唸了一會兒咒文。

唸畢，再用食指碰觸烏龜的頭，「太陽西下，人落地，你應回到主人身邊……」說完，收回食指。

這時——

「動、動了，晴明……」博雅俯視著烏龜大叫。

紙烏龜的四肢各自緩緩地往前蠕動著，在地面上爬行起來。

酒杯內的酒沒溢出，浮在酒面的黃金鱗片也沒沉下。

「走吧。」

晴明跟在烏龜後面跨出腳步。

三

烏龜來到土御門大路後往西前進，前行至大宮大路再左轉，開始南下。

自中天射下的月光照亮此光景。

晴明、博雅以及背著琵琶的蟬丸跟在烏龜後面。

蜜蟲手提燈火也一起前行。

順著大內禁宮走了一會兒，穿過二條大路。右側是神泉苑。

突然——

烏龜改變方向。它穿過神泉苑東門爬進去。

「晴、晴明……」博雅疑惑地小聲呼喚晴明。

「進去吧。」晴明牽著蟬丸的手，在蟬丸耳邊道：「現在要進神泉苑。」

晴明、蟬丸、博雅依次跨進門內。

若是夏天，眼前應該是蔥綠茂密的森林，但此時離新葉萌芽季節還早。

仰望的話，可從在夜空下伸展的樹枝縫隙間望見月亮和星眼。

不久——三人來到池邊。

月影映在池面。

紙烏龜仍在前行。

烏龜慢條斯理地自池邊爬進水中。

紙浸水後立即失去烏龜形狀，浮在水面。

晴明取起浮在水面的酒杯，環視了四周道：

「接下來，該怎麼辦？」

右側是自豐樂殿延伸出去的拱廊，直至池面。拱廊盡頭是一座小樓閣，樓閣有半部建立在池中。

樓閣下停泊著一艘船首是龍形的小舟。

那是殿上人[1]在神泉苑池上泛舟時用的小舟。

「就用那個。」

晴明牽著蟬丸的手往前走。

「什麼那個？」

「小舟。」

「小舟？」

博雅如此驚問時，晴明已經往前挨近小舟。

晴明在小舟前止步。

小舟船首面對池水中央，船尾則面對岸邊停泊在水面。

自陸地到小舟之間跨有一條木板。

---

1 五品以上的貴族或六品以上的官員才能獲允進殿。

小舟以繩索繫在豎立於岸邊的木樁上。
晴明對著似乎想開口發問的博雅說：
「博雅，你最近在神泉苑有沒有做過什麼事……」
「做過什麼事……」
「什麼事都好。你最近來過這裡嗎？」
「來、來過。」
「什麼時候？」
「三天前。我跟藤原兼家大人他們在這兒參加了宴會。那時……」
博雅似乎想起一件事，頓了一下，又開口道：
「笛、笛子，那時兼家大人命我吹笛。」
「吹的是葉二？」
「是的。」博雅點頭。
「原因大概就是這個。」
「什麼意思？」
「去了就知道。」
「去？」
「嗯。」

「去哪裡？」

「去葉二那裡……」

「去葉二那裡？那裡是什麼地方？我們怎麼去？」

「搭這艘小舟去。」

「小舟？」博雅環視四周。

雖然是夜晚，但三人此刻身在神泉苑池邊。

「不管去哪裡，從這兒又能去什麼地方？」

「總之，博雅，先上船吧。在船上我再仔細把事情原委說給你聽。」

「可、可是……」

「不去嗎？」

「唔……」

「去不去？」

「去、去……」博雅點頭。

「走。」

「走。」

事情就這樣決定了。

四

博雅先上船。接著是蜜蟲，之後是蟬丸。

晴明最後上船。

晴明解開繫住小舟的繩索，上船後先走到船首，將浮著黃金鱗片的酒杯擱在龍頭上。

博雅撤去橫跨的木板，收進小舟內。

他和蟬丸兩人都坐在扁平的小舟底部。

晴明取起橫擱在小舟底部的竹竿，豎立在池中，輕輕地戳著池底往前划動。

小舟底部微微摩擦著淺淺的池底，但這摩擦的抗力立即消失，小舟飄然地浮在池上。

晴明站在小舟上改將竹竿提起，將竿尾指向水面。

口中喃喃唸起咒文。

晴明邊唸咒文邊將竿尾觸及水面，在水面描畫出類似花紋又類似咒文的圖樣。

奇怪的是，無論晴明描畫什麼，那些畫在水上的文字始終浮在水面不會消失。

晴明在水面接連不斷地畫下文字。

最後，小舟四周的水面都浮著晴明畫出的咒文。

看上去像是小舟浮在晴明的咒文上。

晴明收回竹竿擱在舟中後，開口道：

「太陽西下，人落地，你應回到主人身邊……」

說畢，晴明伸出右手食指擱在船首龍頭上。

結果——

明明無人用竹竿划動，但至今爲止文風不動的小舟竟飄然往前行駛。

「動、動了。」博雅跟剛才一樣大叫出來。

「要出發了。」晴明道。

小舟緩緩離岸前行。過一會兒，小舟即行駛至池中央。

再往前行駛的話，會駛到對岸。

然而——對岸與船之間的距離始終沒有縮短。

小舟明明在往前行駛，位置卻一直在池中央，並未靠近任何一方的岸邊。

時間逐漸流逝。

「喂，喂，晴明，到底怎麼回事？」博雅忍不住發問。

「沒什麼事啊，小舟不是穩穩地在前進嗎……」

「可、可是，說是前進……」

博雅說到此，晴明接口道：「看吧，到了。」

「我們來到一個廣闊的地方了……」蟬丸低語。

「這、這兒是什麼地方？」博雅環視四周大叫出來。

他們已非身在神泉苑池中，而是在遼闊水面上。

小舟四周環繞著晴明畫在水面上的咒文。

只有這點沒變，但四周風景已跟剛才完全兩樣。

是夜晚。上空有月亮。月亮下是大海般遼闊的水面。

沒有海浪。

遙遠彼方可以望見頂峰冠上積雪的連綿山脈。

即便是夜晚也能看得一清二楚。

那些群山似乎圍繞著眼下這個不知是海還是湖的水面。

從月亮的方位看來，應該是處於南方。

雖然山脈位在遙遠彼方，高聳險峻懸岩的大小卻仍清晰可見。

明明位在遙遠彼方，仍可以讓人看清山脈形狀，可見那是座龐大山脈。

轉移視線望向北方，自舟上依舊可見頂蓋覆雪的山脈，而且中央有一座特別龐大、突兀地指向中天的山。

也可以清晰地看到冠在山頂懸岩上的潤滑白雪。

地、水、天——

以及月亮。

山。

其他空無一物。連一棵樹的影子都沒有。

「晴明，這、這兒是哪裡……」博雅不安地問晴明。

「博雅，這兒是阿耨達池[2]。」晴明答。

「阿耨達池？」

「是位於天竺大雪山北方的大湖。」

「天、天竺？」

「嗯。」

「我、我們到底在什麼時候來到天竺了？」

「就是此刻。」晴明道：「北方那座山是大自在天居住之地，也是大自在天的陽物岡仁波齊峰。」

「什、什麼……」

「這座阿耨達池正是善女龍王神居住的湖。」

「……」

---

2 Anavatapta，相傳為閻浮提四大河之發源地。又 阿耨大泉、阿那達池、阿那婆答多池、阿那婆踏池。略稱阿耨。意譯清涼池、無熱惱池。位於大雪山以北，香醉山以南，周圍凡八百里，以金、銀、琉璃、頗梨等四寶裝飾岸邊，其池金沙彌漫，清波皎鏡，有龍王居於其中。

博雅啞口無言。

五

感覺彷彿浮在虛空中。

這湖實在太遼闊了。

博雅呆呆地觀望四周的風景，過一會兒，才回過神般地自語：

「可是，爲什麼我們能夠從神泉苑來到這兒？」

「博雅，你不知道嗎？」晴明問。

「知道什麼？」

「神泉苑與這阿耨達池是連在一起的。」

「你說什麼？」

「往昔，淳和天皇在位那時，空海阿闍梨[3]在神泉苑與人較量法力，曾進行祈雨法會。」

「什麼？」

「最初進行祈雨的是一位名叫守敏的僧侶，只是無論守敏再如何行法，也只下了一點雨而已……」

3 阿闍梨為梵語，意即「師範」或「軌範師」。空海阿闍梨即為弘法空海大師（七七四—八三五），日本真言宗開山祖師。

「喔，那件事啊。」

「之後，空海阿闍梨行了法，卻仍然不下雨。空海阿闍梨覺得奇怪，施展法力探查原因，發現天地間所有龍神都被封在一個缸子內。是守敏想妨礙空海阿闍梨的祈雨法，故意那樣做……」

「唔。」

「不過，只有這阿耨達池的善女龍王法力高強，連守敏的法力也無法將她封進缸子。」

「……」

「因此空海阿闍梨施展法力，在神泉苑和阿耨達池之間開通了一條路，召來善女龍王。」

「結果下雨了……」

「嗯，下了。」

「原來如此。」

「當時善女龍王行經的通路還留在神泉苑內。我們是順著那條路來到這兒的。」

「這樣啊。」

「博雅，你知道嗎？」

「知道什麼?」

「聽說善女龍王坐在九尺長的白蛇頭頂,出現在神泉苑。」

「喔。」

「而且據說她是一條八寸金龍。」

「你是說,那個……」博雅指著擱在船首龍頭上的酒杯,「浮在酒杯內的黃金鱗片是善女龍王的……」

「應該是她的鱗片。」

「那麼,是善女龍王到我家取走葉二,然後留下那片鱗片……」

「應該是如此。」

「可是,爲什麼?爲什麼善女龍王神會做出那種事?」

「不知道。」

「啊?」

「我不知道原因,所以才來問對方。」

「問誰?」

「來問善女龍王神。」

「你說什麼?」

「我們是帶著善女龍王的鱗片來到此地。我想,善女龍王神已經察覺我們來了。只要她察覺我們在場，過一會兒應該會出現吧。」

晴明還未說畢，小舟一旁的水面冒出漣漪，水中出現一尾身上有耀眼五彩鱗片、長約三尺的魚。

「這是浮在倭國神泉苑的小舟……」魚開口說。

「晴、晴明，魚說話了。」

「這是住在阿耨達池中的多舌魚，聽得懂人話，也能說話。」晴明解釋道。

「您眞博學。」魚——多舌魚說。

「有什麼事嗎？」晴明問。

「適才善女龍王神有言，有條小舟不知來自何處，抵達我阿耨達池。若小舟來自倭國神泉苑，且小舟上坐著一位名爲源博雅的大人，便囑我領各位過去。」多舌魚如是說。

「我正是源博雅。」

「那麼，就請你帶路吧。」

晴明剛說畢，小舟已經向前滑行。

定睛一看，原來小舟底下有一尾青鱗巨魚在游動。

身長約五十丈。

小舟正是被那尾魚背在魚背上，載往湖面。

來到大概是阿耨達池中央時，小舟自然而然地停止。

魚背載著小舟的巨魚和多舌魚已不見蹤影。

這時——

船首附近的水面，有某物自水裡現身於月光之中。

是一條長約九尺餘的白蛇。

高舉蛇頭的白蛇之上，有個發出金色光芒、八寸高的人影。

那人雙手捧著某物——是一支笛子。

「哎，那不是葉二嗎？」博雅挨近船首。

「唉呀，果然是源博雅大人……」

身裹天竺式衣裳，外觀看似女人的那「某物」開口。

「我正是這阿耨達池之主，人稱善女龍王。」善女龍王說：「往昔受空海阿闍梨所召，前往神泉苑降雨的也是我。」

「妳、妳手中的是……」

「是葉二。」善女龍王頷首，「是我在昨晚自源博雅大人邸內取來的。打算用以某事後物歸原主，便自取來，並留下一枚身上鱗片爲證……」

「是這個嗎？」晴明指著擱在船首的酒杯。

「噢，正是該物。」
「我是倭國陰陽師，名爲安倍晴明。剛才您說某事，請問是什麼事？」
「老實說，今晚是每百年一次的賀宴之日。」
「賀宴？」
「自我成爲此地池主，剛好已三千年，至今爲止，每隔百年都會舉行慶典，而今年正好是第三千年……」
「那眞是可喜可賀。」
「我也請來了住在近鄰的眾神，目前正在龍宮殿舉行宴會……」
「……」
「宴會中，我最想聽的正是這支葉二的笛聲。」
「原來如此。」
「約在三天前，我聽到不知傳自何處的笛聲，聲音非常美妙。我好生奇怪，便想：這笛聲到底傳自何處？於是循笛聲來源尋去，結果尋到倭國神泉苑。博雅大人，那時吹笛的人正是您，而您那時吹的正是這支葉二。」
善女龍王望著博雅徐徐點頭爲禮。
「因爲我很想在今晚的宴會上聆聽此笛樂音，才擅自取了過來，尚請見諒。」

善女龍王的口氣自始至終都很文雅。

「可是，我雖取走這支葉二，卻發生意想不到之事……」

「什麼事？」晴明問。

「葉二不響。」

「是嗎？」

「無論讓誰吹，都不響。今晚的筵席上也有很多主宰音樂的眾神蒞臨，然而無論讓誰吹都無法讓這支葉二發出聲音。我們正不知如何是好，結果博雅大人和晴明大人兩位剛好抵達此地……」

「那支葉二是妖鬼送給博雅的，除博雅本人外，任何人都無法吹出樂音……」

晴明道。

「原來如此，其中竟有這等緣由。那麼，我對博雅大人有一事相求。」

「什麼事？」博雅問。

「今我此般現身，送返笛子，如蒙博雅大人應允，能否請您在那舟上吹奏這葉二？」

「樂意之至……」博雅答。

「多謝。雖算不上什麼謝禮，還請您收下那枚鱗片。無論世間流行任何疫疾，只要將鱗片含在口中，就絕對不會染病。」

「那我就拜領了。」

「只要吹響此笛，眾神大概也會現身，以笛聲爲宴會歡慶伴奏，高興地手舞足蹈吧。就請您將此光景當作我的謝禮。」

「我只要能取回笛子，就不需任何謝禮。」

善女龍王將手中的葉二擱在博雅手上。

「喔……」

博雅握著葉二貼在胸前，高興得情不自禁低聲叫出口。

雖沒人催促，博雅仍站在小舟上將葉二貼在脣上。

葉二徐徐發出樂聲。當笛聲自葉二滑順地流洩而出時——

「噢……」善女龍王大叫出來，「響了。就是這個，就是這音色……」

葉二的聲音逐漸飄進月光中，在月光中往天空飛升。

那音色猶如染上了顏色，映在水面，傳到遙遠彼方大雪山的皚皚山頂。

「啊，就是這個，就是這個……」

眼淚自善女龍王的雙眼簌簌落下。

「眞是悅耳動聽……」

白蛇在水面高舉蛇頭左右搖晃。

「受不了……」

善女龍王如此低語後，身姿立即化爲一條龍。

是金色的龍。

金龍似乎在尾隨博雅的笛聲，伸展著龍體飛向灑滿月光的中天。

這時——

光芒萬丈的巨大眾神接二連三自水中出現。

原來是阿耨達池龍宮宴席上的眾神聽到葉二的音色，均忍不住現身了。

出現在右側的是大自在天，身高約三十丈——

左側是帝釋天，身高約四十丈——

正面是歡喜天，身高約五十丈——

後面是廣目天，身高約六十丈——

眨眼間，眾神的身姿逐漸長高長大。

似乎均受到博雅的笛聲感應，體內不斷湧出喜悅，而喜悅愈高昂，眾神的身姿也就愈高大。

大自在天的身高增至百丈——

帝釋天的身高增至百丈——

歡喜天的身高增至百丈——

廣目天的身高增至百丈——

其餘另有增長天——
還有孔雀明王——
還有持國天——
還有毘沙門天——
不知不覺中，天空有無數飛天在飛翔舞蹈。
眾神圍著小舟，以腳趾立在水面手舞足蹈地瘋狂起舞。
「感覺好像很熱鬧的樣子……」蟬丸說。
蟬丸已經抱起本來背在背上的琵琶，手中也握著撥子。
「我也可以和一首嗎……」
「當然可以。」晴明答。
蟬丸的撥子擱在琵琶弦上。
嫋！
琵琶聲音映在湖面，往上空跳躍。
這時已有數不清的眾神在阿耨達池湖面舞蹈。
湖面已不容踏足，有些神甚至升至上空，在半空中手舞足蹈。
參與的不僅是筵席中的眾神。
住在大雪山的眾神與形形色色的精靈，聽到笛聲，也各自在積雪頂峰上優

雅地踮起腳趾婆娑起舞。

大自在天飛往上空，站在自己的居處岡仁波齊峰的雪帽頂上，就地起舞。

他有四條手臂。雙足踏著雪頂，四條手臂在月光中翩翩舞動。

踏一下，宇宙會消滅；踏兩下，宇宙會再生——這就是大自在天的舞蹈。

幾百——

幾千——

幾萬——

數千數萬的眾神受笛聲感應，在月光中舞蹈。

博雅依舊吹著笛子。

當葉二離開博雅嘴脣，蟬丸也擱下撥子時，不知何時，小舟已浮在神泉苑的水面。

博雅恍惚地呆立在小舟上好一會兒。

「晴明……」博雅開口：「剛才那光景到底是什麼？難道是我在做夢……」

「博雅，看看你的手……」晴明沉靜地答。

博雅在月光中望著自己的手。

他手中握著的，確實是一度消失無蹤的葉二。

月突法師

一

櫻花花瓣在陽光中靜悄悄地飄落。

正是櫻花盛開時節。

不過，此刻隨風飄落的花瓣並不多。

必須再過一陣子才能看到花瓣漫天飛散的光景。

目前僅有少數花瓣離開枝頭而已。

還可以一瓣、兩瓣地數著飄落的花瓣。

「晴明，真是舒服。」源博雅把酒杯送至脣邊說。

此處是安倍晴明宅邸——

晴明和博雅坐在窄廊喝酒。

午後陽光射進庭院。

「怎麼，博雅……」

晴明將白皙手指握著的酒杯停頓在脣邊。

他以明亮清澈的鳳眼望著博雅。

「你是在說櫻花吧？」

晴明說畢，紅脣浮出若有還無的微笑。

「你居然知道我在說什麼。」

「當然知道。你想想看，至今爲止我跟你這樣一起邊觀賞櫻花邊飲酒，到底有幾次了？」

「噢，對，正是這件事，晴明……」

「這件事？」

「就是至今爲止，我們觀看了無數次櫻花開了又散落的光景。」

博雅本來要將酒杯送至脣邊，卻沒讓脣沾杯，又把杯擱回窄廊。

「無論在任何時候，甚至此刻，每當我觀看櫻花時，內心總是無法平靜。」

「唔……」

「該怎麼形容呢？總是感覺胸口很悶，心裡很難受，會陷於一種無法形容的心情。而且更奇怪的是，我並不怎麼討厭那種很悶又很難受的感覺。」

「然後呢……」

「我好像反倒樂於陷入那種感覺。」

「眞的？」

「我們此刻觀看的櫻花，看上去雖然跟去年一樣，但其實不一樣。」

「嗯。」

「去年的櫻花跟前年的櫻花也不一樣。每片櫻花花瓣都在當年盛開，也在當年飄落。而第二年開的櫻花，雖然看起來同樣是櫻花，但其實是不一樣的花瓣。人在一生中只有眼下當年才能看到同樣的櫻花，不可能有機會看到第二次。」

「嗯。」

「可是雖說二者不一樣，櫻花本身卻每年都如常開花。怎麼說呢？我不知道該怎麼形容，總之，這種事其實不僅限於櫻花。」

「嗯。」

「不管梅花、菖蒲還是楓紅，不都跟櫻花一樣嗎？都在輪迴。而在這種輪迴中，我總覺得好像只有我被拋在一邊，晴明……」

「……」

「在這輪迴中，是不是櫻花和菖蒲、楓紅都一成不變，只有我在變？只有我在逐漸老去。」

「嗯。」

「晴明，所以說，每次我觀賞櫻花時總是心神不定，一顆心像琵琶琴弦那般震動不已。然後，我剛才也說過了，我並不怎麼討厭去注視自己那顆搖晃的心，也不討厭傾耳靜聽自己的心絃震動的聲音。」

博雅再度舉起酒杯。

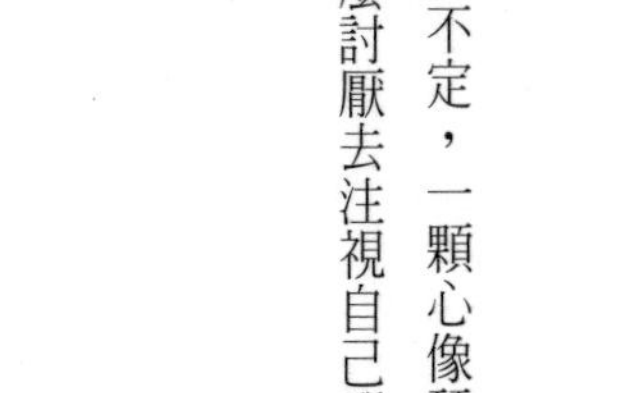

「每次觀賞櫻花時，我總覺得我的心好像也跟著櫻花一起共鳴，在陽光中跟櫻花一起振動，一起彈奏樂曲……」

博雅感慨地說。

「晴明，剛才我說很舒服，指的正是這種意思……」

說完這句話，博雅總算將酒杯送至脣邊喝了一口酒。

「此刻看到的這些櫻花，不到十天，終歸還是會全部散落……」

博雅嘆出一口氣。

「不過，博雅，事情不見得如你說的那般。」晴明道。

「什麼事不見得如我說的那般？」

「就是櫻花花瓣不見得會全部散落。」

「啊？」

「我是說，偶爾會有一兩片留在枝頭的花瓣。」

「怎麼可能？」

「櫻花在全部飄落之前便會長出葉子。因此這些留在枝頭的花瓣通常會被葉子遮住，人們看不到，不過確實偶爾會有不落的花瓣。」

「是嗎？」

「可是……留在枝頭沒落的花瓣，到了秋天，終究還是會和葉子一同落下……」

「唔，」博雅點頭說：「用人來比喻，畢竟也有像白比丘尼小姐那樣的例子。」

白比丘尼——指的是八百比丘尼。

那女人因爲吃了人魚肉而獲得長生不老的肉體，幾年前晴明曾爲她斬除禍蛇。

「博雅，話說回來，是不是快來了？」

「什麼快來了？」

「兼家大人不是快要來了？」

「喔，對。兼家大人爲了一位怪法師的事，說要來這兒。」

「而且這件事不是你代爲轉達的嗎？博雅……」

「是的。」

博雅點頭時，窄廊上彼端已傳來有人過來的動靜。

「晴明大人……」

女子聲音響起。

「兼家大人光臨了。」

蜜蟲向兩人告知客人來訪一事。

二

「不用，就在這兒好了。」

蜜蟲本來打算把客人領到內房，兼家卻對蜜蟲如此說著，直接走到晴明和博雅面前。

「晴明，我來了……」

兼家用右手壓著滾圓肚子在窄廊坐下。

他發現晴明和博雅面前擱著高座漆盤，而且上面有酒。

酒杯只有兩個。沒有兼家的份。

本來打算讓蜜蟲領兼家到內房，三人在內房商討事情，不料兼家擅自走到這兒來，窄廊便成爲兩人和兼家會見的場地。

「也給我個杯子吧。」兼家說。

晴明讓蜜蟲準備酒杯，兼家拿起酒杯舉到面前道：

「倒酒。」

蜜蟲在酒杯內斟酒。

兼家一口氣喝光第一杯，又舉杯說：

「再來一杯。」

蜜蟲再度於酒杯內盛滿酒。

這回兼家只喝了半杯，將喝剩的酒杯擱回高座漆盤。

「老實說，晴明，我這回眞的不想來這兒。」

「這又是爲什麼？」晴明問。

「我不想欠你的人情。」

「欠人情？」

「欠你的人情愈多，我總覺得會愈拘束。」

「怎麼可能會呢？」

「我啊，以前假裝在二條大路遭遇百鬼夜行，結果你幫我解決了問題……」

「我記得。」

那時，兼家的女兒超子以在原業平所作的一首和歌〈是乃夜露〉，拋給博雅一個謎題。晴明代無法解謎的博雅揭開謎底，幫了兼家一個大忙。

「俯臥巫女事件那時，你也破解了瓜果內的蠱毒咒法，救了我一條命。要是當時吃了那個瓜果，我今天也不可能在這兒同你面對面喝酒了。」

「原來有發生過那種事？」

「有。」兼家斷然地說：「晴明，你爲什麼都不向我要求任何事？」

「您這話是什麼意思？」

「你就是這樣。每次都這樣裝糊塗，實在很狡猾。如果你向我要求金錢，我反倒可以安心。爲什麼你不向我求取金錢？爲什麼不開口說想做大官？」

「因爲我不需要金錢和官位……」

「所以說，晴明，我實在無法理解你這個人。你好像始終都堵在我的喉嚨口。」

兼家是個坦率的男人。

「是。」

「正因如此，我總會在不知不覺中袒護你。」

「袒護？」

「宮中若有人對你造謠，我總會不自覺地告誡對方絕無此事。我想，我大概已經在不知不覺中中了你說的那個……那個什麼咒的法術……」

「我沒有對您施咒。」

「總之，你的存在令我坐立不安。這回的事，我本來認爲可以置之不理，只是畢竟有點不放心。再說，事到如今，不管我再多欠或少欠你一個人情，我想，往後對我而言你的存在仍不會改變，始終是我無法漠視的人。所以我才拜託博雅大人，請他爲我倆穿針引線。」

「我聽說是有關一位怪法師的事……」

「是的，有個怪法師出現了……」

「出現在哪裡？」

「在我宅邸。」

「喔？」

「那個怪法師對我說，千萬不能砍掉種在庭院的松樹。」兼家道。

三

事情是這樣的。

三天前——

那位法師造訪了兼家宅邸。

老法師身穿僧衣，肩上披著一件不知是絲綢還是其他布料的羅衣。

襤褸羅衣上有很多破洞，倘若是沒有固定寺院居所的行腳僧，衣衫襤褸其實也不奇怪。

他自稱月突。

「老僧以佛法爲志，意志堅定得可以突破天上的月亮，因此自稱月突。」

法師如此說。

問他有什麼事，那個名叫月突的老法師竟然口出不可思議之事。

「貴府庭院有一棵松樹吧。」老法師說。

的確有。這並非罕事。任何宅邸都有種植松樹。

兼家宅邸內便有三棵。

「聽說貴府將在五天後砍掉其中一棵松樹……」

「是的。」兼家點頭。

去年夏天落雷，擊裂了樹幹上方，有將近一半的樹幹燒焦，雖然松樹還活著，但種在庭院內看起來很不美觀。

因此兼家在今年決定砍掉那棵松樹。

「能不能請大人不要砍掉那棵松樹……」

老法師突然提出這種要求，但兼家已下定決心，而且也吩咐下人於五天後來砍樹。

「請問法師，您爲何說不能砍掉那棵松樹?」兼家問老法師。

「就算老僧說出理由，您大概也無法置信。老僧明天會再來拜訪貴府，到時再說明理由……」

老法師如此說後便告辭離開。

然而，到了第二天，不要說是那位老法師了，根本就沒任何人造訪兼家宅邸。

整個上午，兼家還偶爾會想起那個老法師的事，傍晚時便已忘得一乾二淨。夜晚，兼家躺在寢具中。

入寢後不知過了多久——

「兼家大人……」

「兼家大人……」

兼家耳邊傳來低沉的呼喚聲。

有人在輕輕搖晃他的身子。

「兼家大人……」

兼家睜開眼睛，發現老法師坐在他枕邊，正在伸手搖晃他的身子。

兼家差點叫出聲來，沒這樣做，是因爲老法師的聲音聽起來特別悅耳。

那聲音似乎不是從口中發出，而是響自腹部深處。

「約定時間已到，老僧是來接您的。」

約定？

自己跟這位老法師到底約定了什麼事？

啊，是昨天那件事嗎？

可是，那時明明沒有約定說要來接人或怎樣——

兼家剛思及此，老法師已經拉著他的手拖他站起身。力量不大。

月突法師只是微微握著兼家的手，再微微地拉他起來而已，但兼家就是無法抗拒他那微不足道的力量。

家中的人都在熟睡，沒有任何人起床的樣子。

老法師牽著兼家的手往前走。

兼家也被老法師拉著往前走。

兩人踏著窄廊木板，走下庭院，站在月光中。

將近半月的月亮高掛中天，照亮著庭院。

之後兼家只記得老法師再度牽著他的手往前走，卻記不清到底走過哪裡又怎麼走的。

待他回過神來，才發現老法師領他穿過一扇木門，來到一棟四周圍著土牆的宅邸。

那是棟很奇妙的宅邸。

柱子和橫梁都是木造，所有牆壁卻是土牆。而且不知是不是因為泥土還未乾，土牆發出一股刺鼻的潮溼味。

天花板——應該說是屋頂，有個小圓孔，可以自圓孔看到剛好升至中天的月亮。

然後——

宅邸內有數不清的小和尚，每個小和尚都在大聲誦經。

唸的是《法華經》。

剛好唸到〈從地涌出品〉那一段。

正是回應世尊說話，大地震裂開洞，自無量千萬億他方國土依次湧出無數發出金光的菩薩以及摩訶薩那一段。

三千大千國土
地皆震裂
而於其中
有無量千萬億
菩薩摩訶薩
同時涌出
是諸菩薩
身皆金色

三十二相
無量光明
先盡在
娑婆世界之下

眾人齊聲在誦經。

再仔細一看，有眾多女童環繞著那些小和尚，正在觀看他們誦經。

注意觀察，可以發現柱子後、黑暗中——都有女童。人數可能跟小和尚差不多，大約有千人。

所有女童只是忘我地觀看著小和尚，沒人開口說話。

既然有這麼多孩子在現場，觀看的眾女童中就算有人開口說話也不奇怪，她們卻都默不作聲。

兼家開口問身邊一個女童。

「這些孩子到底是什麼人？妳們又是誰家的孩子？」

兼家問話的口氣很和藹，但那女童只是望著兼家微微搖頭，完全不答話。

兼家又問身邊另一個女童。

「妳呢？」兼家重複剛才的問話。

然而，依舊沒回應。

「兼家大人，沒用的……」月突法師道。

「什麼事沒用？」

「在場的這些女童都不能說話。」

「爲什麼？」

「她們生來便不能說話。」

「什麼?!」兼家大吃一驚。

「在場的千餘女童，沒有一個能夠說話。」

「你說什麼？」兼家情不自禁大叫出來。

「您先冷靜下來。」

月突法師自懷中取出杯子，再將那杯子貼在身旁一根圓柱子上。

柱子滴滴答答流出某種液汁，盛滿了杯子。

「這是我們喝的甘露。喝下甘露可以平心靜氣，請喝吧……」

法師將盛滿甘露的杯子遞給兼家。

兼家接過杯子喝下，果然如法師所說，舌頭留著既澀又甜的味道，口中清爽許多，心情也平靜下來。

「這兒的小和尚今年必須念誦至今背下的經文。而且今年是第七年，是特

別的年度。請您千萬不要砍掉那棵松樹。」

月突法師如是說。

「千萬不能，千萬不能……」

聽著老法師的聲音，兼家迷迷糊糊，一陣類似睏意的感覺襲來。

他覺得似夢非夢，回過神來時——

「已經是早上，我是在寢具中醒來的……」兼家說。

唯一並非做夢的證據，是光腳丫上沾著骯髒泥土。

四

「首先，問題是那棵松樹，那棵松樹來自何處呢？」晴明問兼家。

「七年前秋天，雲居寺送我那棵松樹，之後再移植到我家庭院……」

「您說是雲居寺？那麼是淨藏大人送您的……」

「是的。」

淨藏本是叡山僧侶，目前是東山雲居寺住持。

他是往昔的大宰相三善清行[1]的兒子。

「正是七年前夏天，雲居寺淨藏大人舉行說法。那時我也去了，發現庭院

1 平安時代初期的公卿、漢學者，最後官位是文章博士兼大學寮長官的大學頭，升任參議一年後去世。

有棵枝幹不凡的松樹，非常中意，於是拜託淨藏大人，請他送給我。我記得是當年秋天移植到我家庭院……」

「原來如此……」

「你明白了什麼事嗎？」

「不，並非我明白了什麼事。那麼，當時說的是哪一段經法……」

「對了，說的正是《法華經》。我記得淨藏大人那時也朗誦著我剛才說過的〈從地涌出品〉那段經文。」

「正是釋尊開示，這天地間有數不盡的菩薩在追求眞理那段吧。」

「嗯。」

「意思是這世上所有東西皆有佛性。」

「那眞是一場令人心動且惠人良多的說法。」

「是。」

「那麼，晴明，你知道了什麼嗎？」

「不知道。」

「不知道？」

「雖然不知道，但至少明白一些事。」

「是嗎？什麼事……」

「我必須再確認幾件事，之後再告訴您理由……」
「晴明，你何必跟我賣關子呢？」
「先等我確認過幾件事，明天晚上我再登門拜訪……」
「明天晚上？」
「是。您回去後，在庭院對那棵松樹說，將爲松樹做個打算，明晚請再來一趟……這樣說就可以。」
「你是說，只要我這樣說，那法師會來？」
「是。」
「好，我明白了。」
兼家點頭，喝光杯內的酒，站起身。
「萬一傳出風聲說我因受妖物恐嚇，不敢砍掉庭中松樹，我的立場也很爲難。可是，萬一砍掉松樹而發生什麼怪事，也不好。總之，凡事都拜託你了，晴明……」
兼家說畢，背轉過身，又說：
「不用送我了，謝謝你的酒。」
說完即跨開腳步。

五

「喂，晴明……」

聽著牆外兼家搭乘的牛車聲遠去後，博雅才開口。

「什麼事？博雅……」

「你剛才說，你必須先確認幾件事，到底是什麼事？」

「原來你問的是這個？」

「什麼事？快告訴我。」

「博雅，你別催促，明天就可以知道答案。」

「現在不知道答案？」

「不知道。」

「所以我才拜託你，要你先告訴我，你剛剛說不知道的到底是什麼事？」

「不知道的事，我怎麼告訴你？」

「喂，晴明，兼家大人剛才也說過了，你的壞習慣是喜歡賣關子。」

「我沒賣關子。只是，事情弄清楚之前，最好不要說出口。」

「你跟我又不是普通交情。」

「博雅，你先別急。這問題先去問某人的意見，到時候再告訴你也不遲。」

「某人？」
「露子姬。」
「是那位……？」
「嗯。這種事情還是去問露子姬比較快。」
「喂，晴明，你這樣說，不是等於露子姬知道你不知道的事？」
「沒錯。」
「……」
「先別提這個，對了，博雅，明天晚上你也一起去吧？」
「去哪裡？」
「當然是兼家大人宅邸。」
「那、那還用說。」
「去不去？」
「嗯。」
「走。」
「走。」
事情就這樣決定了。

六

第二天晚上，博雅抵達兼家宅邸時，發現晴明和露子都在場。

「博雅，你來了？」

「嗯。」博雅就地而坐。

兼家寢室內點著燈火，晴明、兼家和露子都坐在房內。

博雅坐在晴明身旁。

「好久不見，博雅大人。」露子開口問候。

她身上穿著白色水干，長髮束在背後。

看上去像個還未行成年禮的少年。

「我曾經聽聞露子姬的風聲，實際見面後眞令人驚訝。她竟然一身男子打扮，還大膽地露出五官。」兼家高興得瞇起眼睛。

他似乎很中意初次見面的露子。

「露子姬，妳是不是已跟晴明討論過了？」博雅問。

「來此地之前，我跟晴明大人見過面，該討論的事也已經討論過了……」

「你們討論了什麼事？」博雅問。

露子瞄了晴明一眼。

「我們也問過黑丸，我想，事情大致應該如晴明大人所想的那般……」

露子以眼神在詢問晴明該不該說出眞相。

黑丸是從一隻被施咒的毛毛蟲化成的，後成爲露子的式神。

「博雅大人……」

晴明坐正後，改用敬語口氣說話。

「今天跟昨天不同，已能告訴你幾件事，不過，以今晚的計畫來看，我認爲還是暫且不說出比較好，那麼我們便可以度過一個有趣的夜晚。」

「原來搞了半天，你還是不肯告訴我。」

「雖然已明白幾件事，但仍有不明之處。不明之處，只要問那位今晚即將來訪的法師，應該就能眞相大白……」晴明行個禮。

「博雅大人，我聽不懂你們在說什麼，不過，我跟你一樣，也是一無所知。今晚的事就交給晴明包辦，我們放輕鬆一點吧……」兼家在一旁幫忙說話。

「既然如此……」博雅帶著不滿神色點頭。

下人送酒過來。

四人喝著酒，不知不覺已是深夜——

「來了……」晴明低語。

眾人望向庭院，發現有個老法師站在月光中。

果然如兼家所說，肩上披著一件羅衣。

「已經決定如何了嗎？是不是考慮過松樹的事了……」

月突法師開口，聲音雖小，卻異常清朗。

「已決定不砍掉松樹。」晴明代兼家答。

兼家聽到晴明的話後，張口想說什麼，最後又閉嘴。

兼家大概也沒想到晴明會擅自突然說出「不砍松樹」這句話。

然而，兼家卻默不作聲，大概因爲他已決定把今晚的事全交給晴明包辦。

晴明剛說畢，老法師便喜笑顏開，眼淚奪眶而出，掛在臉頰。

「太好了。老僧已活不了多久，但能在餘生聽到這個好消息，無論何時死也都了無遺憾了。」

「七年前，您也聽了淨藏上人的說法吧？」

「是。老僧是在庭院恭聽的。聽到《法華經》中那段〈從地涌出品〉，大地出現無以數計的菩薩時，高興得簡直如升天一般。那時，也有眾多同類夥伴聽聞此法，但不知爲何，如今只剩老僧還活著。如此活過七年，心中始終掛念著當時我們所留下的孩子們。雖然老僧也跟著一起過來，始終停留在這兒，此刻老僧總算明白爲何只有老僧可以活到今日了。」

「什麼理由呢？」

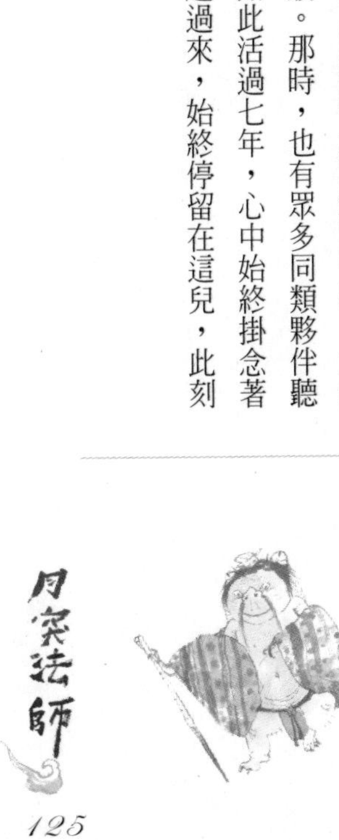

「我想，正是爲了要我打消兼家大人砍掉那棵松樹的念頭，我才能活到今日。那時留下的孩子們，今年總算可以破土而出。至今爲止，老僧一直努力教他們背經文，打算等他們出土後，讓他們朗誦那段令人感恩的經文。如今總算如願以償。」

「原來如此。」

「老僧雖非人類，卻能變幻爲這種身姿，全是那段令人感恩的『經文』的功德呀……」

老法師在月光中微笑著。

露子姬忘我地注視著法師身上那件破爛羅衣，雙眼噙著淚水。

「不砍松樹……老僧聽聞此言已心滿意足。老僧性命將盡，至今爲止一直躲在這房間的南邊屋簷後過冬。過一會兒，各位大人可移步前往一觀，或能看到老僧屍身。南無妙法蓮華……經……」

老法師低聲說完這段話，突然消失蹤影。

七

兼家讓下人準備火把，按照老法師所說，命下人搜索了南邊屋簷後，果然找到一具蟬屍。

是一隻翅膀遍體鱗傷的寒蟬。

八

「原來如此，原來那位法師大人是一隻蟬……」博雅感慨良多地說。

他坐在晴明宅邸窄廊，正在喝酒。

窄廊只有晴明和博雅兩人。

庭院的櫻花花瓣紛紛飄落。

「大概是聽了淨藏大人的說法，受《法華經》功德，棲宿了人的靈魂吧。」

晴明說。

「他帶兼家大人去的那個地方是地下的蟬世界？」

「當我聽到只有男子在誦經，女子卻默不作聲時，便已大致猜到眞相。而且從屋內柱子汲取甘露喝，這點也只有蟬才能辨得到。」

「你到底問了露子姬什麼事？」

「我問她，七年都在土中的蟬到底是什麼蟬。」

「唔。」

「她說是法師蟬。聽露子姬這樣說，我才確定。」

「既然這樣，你不是也可以早點告訴我？」

「不知道比較有趣，不是嗎？博雅……」

「唔，話是這樣沒錯……」博雅帶著內心仍有不滿的表情說。

「喝酒吧，博雅。」

晴明難得主動遞出酒瓶。

「嗯。」

博雅舉起杯子讓晴明斟酒。

兩人心平氣和地喝著酒。

庭院的櫻花在月光中紛紛飄落。

「上次提到沒飄落的櫻花可以留到秋天，原來那位法師大人也一樣……」

「嗯。」

「晴明。」

「什麼事？博雅。」

「不管長壽或短命，人，是一種活在當下的生物。」

「嗯。」

「所以，晴明，我認爲今天這一天，跟你一起喝酒的今晚這一刻，比任何時刻都珍貴。」

「我也是。」

「喝酒吧？」

「喝吧。」

晴明和博雅的酒宴一直持續至翌朝。

九

那年夏天——

某日，所有法師蟬在藤原兼家宅邸的庭院中齊聲鳴叫。

數量約有一千多隻。

那些法師蟬全部停駐在那棵松樹上齊聲鳴叫。

據說，傾耳靜聽的話，可以聽出那些蟬鳴似乎在朗誦《法華經》。

一

「晴明，那到底是什麼呢……」源博雅問。

是在安倍晴明宅邸的——窄廊上。

晴明和博雅正在喝酒。

夜晚。

綠葉香氣溶化在庭院黑暗中。

酒香夾雜在綠葉香氣中飄進博雅鼻孔。

雖然月光自上空射下，但依舊不足以將樹木的綠葉或草叢中一根根草看得分明。

只是在那香氣中，似乎隱藏著無數綠葉和草叢，甚至一片片葉子或一根根草的氣息。

不同種類的綠葉和青草香氣，也似乎在冰涼夜氣中醞釀出若有還無的溫度。

或許博雅其實是醉翁之意不在酒，而是醉於那種夜氣中的香味。

「博雅，你在說什麼……」

晴明白皙細長的手指本來握著酒杯打算送至唇邊，卻在中途停止動作。

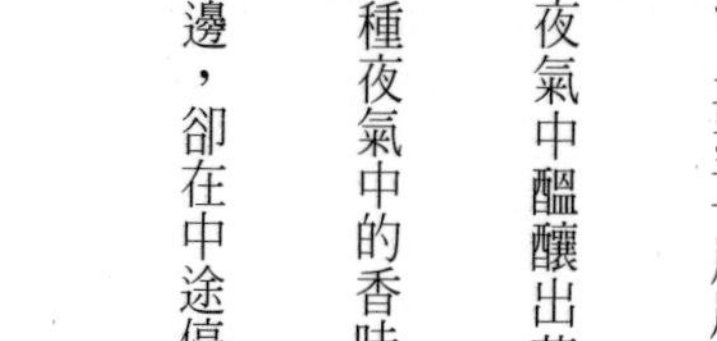

「會來呀。」
「會來？」
「每當我吹笛子時，那些東西總是會來。」
「那些東西？」
「是的。而且我不知道那些東西到底是什麼。」
「你這樣說，我也聽不懂。博雅，你能不能說詳細一點？」
「嗯。」博雅點頭，「晴明，事情是這樣的。」
博雅擱下手中的酒杯開始述說。

二

「老實說，最近我時常在夜晚到船岡山。」
「為什麼？」
「那還用說？當然是去吹笛。」博雅道。
船岡山位於御所北邊——也就是皇宮大內北方的一座山。
京城分為東西兩京，而由南到北的這條中心線正好通過船岡山山頂。
「然後呢……」晴明催促博雅說下去。

「大約是十天前開始去的，我記得連續去了五天。」

每天傍晚博雅搭牛車出門，讓隨從在山下等候，只帶著一個隨從徒步爬至半山腰。

船岡山不特別高，只是座丘陵，形狀類似一艘大船倒扣在地面上。

但是只要進入山中，每棵樹都很粗大，四處瀰漫著深山靈氣。

「十天前，我去參拜船岡山，順便吹了笛子，發現笛聲非常響亮。當時我想，在夜晚吹不知聽來會怎樣，於是在夜晚去吹笛，結果葉二發出簡直不是這人世可聞得的音色。因此我就每晚都去吹笛。」

順著狹窄山徑往前走，途中有一棵高大楠木，楠木樹根有塊自地底露出的岩石。

博雅坐在那塊岩石上，讓隨從點燃一盞燈火，之後再命那個唯一陪他上山的隨從下山。

眾人都在山下靜候博雅下山。

唯獨博雅一人留在夜晚的山中吹笛。

吹著吹著，博雅發現一件怪事。

「有些莫名其妙的東西似乎會聚集到我身邊。」

博雅將葉二擱在脣上開始吹起。

笛聲如升天的淡色薰煙般輕柔地揚起。
黑暗與博雅的笛聲共鳴，一起彈奏著樂音。
樹梢間射下幾道月光。
笛聲在月光中猶如好幾條正在舞蹈的小龍。
隨著笛聲高揚，有某種氣息聚集在博雅四周。
是類似深山靈氣的氣息。
每塊石頭、每棵樹、每片葉子、風、味道、色彩——這些物體所具有的毫末之氣，似乎均受博雅的笛聲所吸引，逐漸在成形。
本來沉睡在岩石、巨樹內的時光，都因博雅的笛聲而覺醒，聚集在黑暗中。
那些氣息凝聚一起，彷彿某種隱形的生物，在黑暗中的某處呼吸著。
是在那邊的岩石後面嗎——
還是在這邊的樹木後面——
或是在彼方的草叢之間——
那些氣息散發出微弱亮光，躲在陰暗處傾聽博雅的笛聲。
「晴明，我就是有這種感覺……」博雅說：「我本來以爲是自己多心，可是，眞的好像有某種東西在附近看著我。」

是山的氣息。或者是山本身。

那些東西蹲踞在黑暗深處，傾耳凝聽博雅的笛聲——

這種氣息逐日增強，第二天比第一天強烈，第三天又比第二天強烈。

「而且，晴明，我絲毫不怕那些氣息。」

大凡單獨一人處於山中，在黑暗中感覺到某種氣息時應該會很害怕。

博雅卻不害怕。

「我是不是神經有問題？」博雅接著說：「當我感覺那些氣息來到我身邊，好像在傾聽我的笛聲時，內心就非常高興，胸口怦怦跳個不停。於是就會更用心地吹笛。」

「那你爲什麼持續了五天便結束呢？」晴明問。

按照博雅平素的作風，不會只持續五天就結束。

就算是十天或一個月，也一定會持續去吹笛。

「因爲看到了。」

「看到了？看到什麼？」

「妖鬼。」博雅若無其事地答：「不過，晴明，不是我看到的。是我宅邸內的下人。」

第五天夜晚——博雅比平日更晚下山。

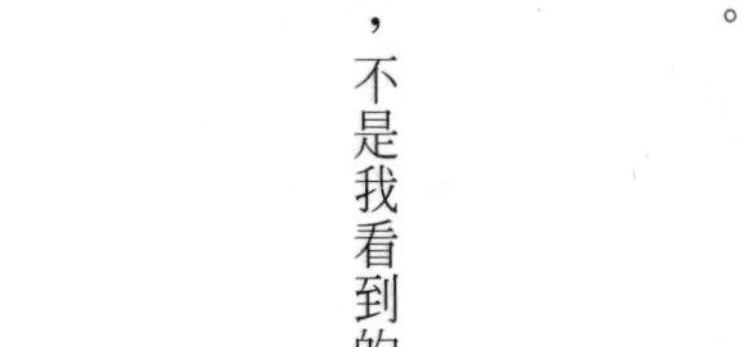

之前都在固定時刻單獨一人下山，但那天時刻到了，博雅仍沒下山。眾隨從很擔憂，於是讓兩個隨從舉著火把登上船岡山小徑。

走不了多久，便聽到博雅的笛聲。

正暫時安下心來，來到博雅固定待的地方後，眼前出現博雅的身影。

一燈如豆的光芒之中，博雅正在吹笛。

看到眼前光景時，兩個隨從情不自禁「唉呀」地大叫。

原來有個身高約有普通人兩倍高的妖鬼站在博雅面前，一副正打算啖噬博雅的樣子。

兩人看到那妖鬼，異口同聲地大叫：

「博雅大人！」

「您很危險！」

之後哇哇大叫拔腿就跑。

這時博雅才發現那兩個隨從，卻不知到底發生了什麼事。

「所以我就追趕著他們，一起下了山。」

趕上兩人後，即使僅憑火把亮光，博雅也看得出兩個隨從面無血色。

「博雅大人。」

「幸好您沒事。」

「繼續待在這兒很危險。」
「我們快回宅邸吧。」
兩人各自如此說。
「發生什麼事？」博雅問。
「山中有妖鬼。」兩個隨從說。
「妖鬼？」
「確實有妖鬼。那妖鬼一副正打算啖噬博雅大人的模樣。」
眾隨從二話不說便硬將博雅推入牛車，匆忙地趕著夜路逃回宅邸。
博雅完全不明白到底發生了什麼事。
翌日，他再度問了隨從，結果隨從說的跟昨晚一樣。
「當時妖鬼的模樣彷彿正打算啖噬吹笛的博雅大人。」
隨從如此說。
「可是，晴明，我發誓，我面前根本沒有任何妖鬼……」
「有沒有妖鬼這問題暫且先擱在一旁吧。」
「啊？」
「看到妖鬼的那兩人，他們說看到什麼樣的妖鬼了？」
「是說身高有普通人的兩倍，頭髮又黑又長……對了，好像又說頭上有一

根還是兩根角……」

「兩人之中，一人看到一根角，另一人看到兩根角嗎？」

「唔，好像是這樣。」

「身體呢？」

「說是暗藍色，還說身上有類似猿猴的毛……」

「這個部分，兩人的說詞也都不一樣嗎？」

「嗯。」

「原來如此。」

「什麼原來如此？不管有幾根角或是身體長怎樣，我可是什麼都沒看到哦。」

「不過，你也感覺到有某種東西吧？」

「嗯。」

「話又說回來，博雅，你在第五天逃回家後……」

「我可沒有逃回家。」

「好吧，就當作你沒有逃回家。總之，那天以後，你有沒有再到船岡山……」

「沒有。就算我想去，下人也會阻止，根本不讓我去。」

「應該是這樣吧。總之，我明白了。」

「你在說什麼？你明白了什麼？晴明，難道你在我告訴你這件事之前就知道消息了？」

「我是今晚第一次聽你說起這件事，我明白的是其他事。」

「其他事？」

「其實有人託我辦一件事，我剛好不得不解決這問題。正在考慮該怎麼解決時，沒想到原因竟然是舉世無雙的源博雅之笛。」

「有人託你辦事？是誰？」

「博雅，你也認識那人。」

「是誰？晴明，你快告訴我……」

「不用我說出口了。」

「爲什麼？」

「因爲那人已經大駕光臨。」晴明望向庭院。

有個老人直挺挺地站在夜露沾溼的草叢中。

他身上穿著破爛黑色水干。

是個蓬髮亂鬚的老人。

正是蘆屋道滿。

「道、道滿大人……」

「久違了，博雅大人。」

道滿在月光中綻開笑容，露出黃牙。

三

「原來……」道滿聽了晴明所言，說出跟晴明一樣的話，「原來如此，原來是這麼一回事。」

「晴明，到底怎麼回事？我完全不明白。」博雅不滿地噘起嘴巴。

道滿、晴明、博雅三人一起坐在窄廊上喝酒。

「博雅。」晴明喝了一口酒含笑開口。

「什麼事？」

「對京城來說，船岡山是很重要的山。」

「重要？」

「這個京城，四方有四位守護神。」

「嗯。」

「西有大路，是白虎。東有鴨川，是青龍。南有小倉池，是朱雀……」

「嗯。」

「而北方的玄武，正是船岡山……」

「……」

「這京城是以船岡山爲基點而建成。船岡山正是這京城的施咒原點。」

「嗯。」

「船岡山跟三輪山一樣，祭祀著日本最古老的神祇。」

「最古老的神祇？」

「正是山頂的磐座。跟三輪山一樣，是宿神……」

「唔，嗯。」

「船岡山的所在地山背國[1]，原本是秦氏[2]的國家。秦氏祭祀的神祇也是船岡山的磐座……」

「……」

「而道滿大人，與秦氏一族有很深的淵源……」

蘆屋道滿——別名正是秦道滿。

「道滿大人也很關注船岡山的神祇。」

「晴明，這跟我又有什麼關係？」

「那神祇失蹤了，不在船岡山磐座上。」

「失蹤了？神祇？」

---

1 古代國名，西曆七九四年十一月八日，桓武天皇將新京城命名為「平安京」時，順便將之改稱為「山城國」，位於現京都府南方。

2 古代自海外渡海來日本定居的外來氏族。

「嗯。正確說來不是失蹤，應該說是減少。」

「減少是什麼意思？神祇會減少嗎？」

「博雅，你先聽我說。其實我也不知道該如何向你說明這件事的來龍去脈。我說減少，是因為這個詞最接近這回事件，由於很難理解，就說是失蹤好了。」

「唔，嗯。」

「道滿大人察覺此事，四天前來這兒找我。」晴明望向道滿。

道滿似乎已決定將事情全交給晴明，始終在一旁嘴角帶笑，因品嘗美酒喜形於色。

「道滿大人問我：晴明，難道你不知道此事嗎？」晴明模仿道滿的口吻，接著又說：「我聽了後，前往船岡山一看，發現神祇果然似乎出遊了……」

「因此吾人便拜託晴明解決這問題。吾人向他說，這正好是個可以讓吾人欠他人情的機會。」

道滿在自己的空酒杯內斟滿酒。

「吾人認為，像吾人這種身分不明的人親自著手調查的話，大概事事都會很不方便，無法順利解決問題，才託晴明代吾人辦事。」

「我也認為讓蘆屋道滿欠我一個人情也不錯，所以查了一下。」

「結果呢……」

「多少明白了一些事，今晚才請道滿大人過來一趟。」

「明白了什麼事？」

「在這之前，博雅，我想先問你一件事……」

「什麼事？」

「五天前夜晚，你自船岡山回家時，有沒有經過位於二條大路的藤原在基大人宅邸前……」

「有，這又怎麼了？」

「這樣事情便大抵都分曉了。」晴明道。

「原來如此，這下總算眞相大白。吾人也聽說過藤原在基的事。」道滿滿意地點頭。

「晴明，到底是怎麼回事？」博雅問。

「喂，晴明，你不用向吾人說明了。要說的話，你向博雅大人說吧……」

「是。」晴明向道滿頷首。

四

「大約半個月前，在基大人的掌上明珠富子姬過世了，你知道這事吧？」

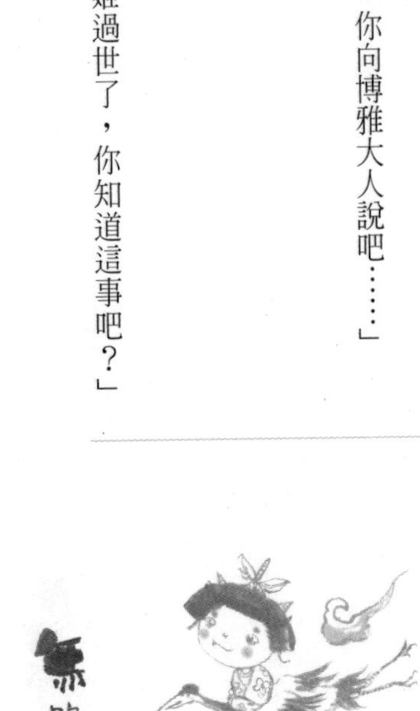

晴明問博雅。

「嗯。」博雅點頭。

「那你知道過世的富子姬又回來的事嗎？」

「不知道。」

「果然不知道。」

晴明述說起事情的來龍去脈。

富子過世那時，年僅八歲。是猝然過世。

她在庭院玩耍時，不小心摔了一跤，頭部撞到岩石，就那樣撒手塵寰。

而且事情就發生於在基的眼前。

在基因過於悲傷，食不下咽，只能喝水。

不到幾天便瘦得不成人形。

「富子呀，富子呀，妳爲什麼死了呢？」

在基每天不分晝夜地呼喚著富子的名字度日。

無論白天或夜晚，都站在庭院富子摔跤處呼喚富子的名字。

六天前夜晚——

在基的身子已虛弱得只能勉強站立，卻依舊到庭院呼喚富子的名字。

然後，據說富子出現了。

起初，在基只看到庭院黑暗處站著個朦朧影子。
他情不自禁地叫出富子的名字。
「富子呀……」
結果，那個影子果然是人，而且是個孩子，是死去的富子。
富子站在庭院黑暗處凝望著在基。
在基不由自主地奔過去，打算摟住富子，然而伸出去的手臂和手掌均穿過富子的身體，而富子也當場消失。
「富子呀，富子呀……」在基不停呼喚著女兒的名字。
他向其他人提起這件事，但宅邸內所有下人都沒看見富子的影子。眾人都認爲在基大概因過於思念女兒而發狂了。
在基以爲富子消失蹤影，沒想到翌日夜晚她再度出現。
這回下人也在場。
富子身上穿著過世時的服裝，站在夜晚的庭院中。
「富子。」
在基握住富子的手。這回可以握到她的手。
是實實在在的人手的觸感。
然而——

下人繞到富子身後看到她的身姿時，竟然大叫出來。

「哇！」

「沒、沒有！」

原來富子只有前身，沒有背部。

背部只是一團模模糊糊、搖搖晃晃類似熱氣的煙霧。

這回富子沒有消失。

過了一天，富子仍站在原處。

眾人只明白一件事，就是：只有站在平時在基於庭院中呼喚富子時的位置，才能看見富子的身姿。

而且，仔細觀看的話，可以發現富子的輪廓與身姿細部始終不停在變化。

另外一點，便是富子從未開口說過任何一句話。

更奇怪的是，當在基沒有望向那個地方時，富子的身姿便會逐漸淡薄。

每當在基入寢後，富子的身姿會逐漸淡薄，透過她透明的身體可以看見她身後的景色。

有時甚至會完全消失。

但是，在基醒來後，口中呼喚「富子呀」，再望向那地方，富子的身姿便會再度出現。

不過在第二天、第三天、第四天時，隨著日子過去，富子的身姿也逐日清晰。

連本來沒有形狀的背部，也逐漸形成人的身姿。

「你們聽著，總有一天，富子一定會恢復成原來的樣子。」

在基如此說。

「只要恢復成原來的富子，她就會開口說話，也可以吃東西。所以到那時爲止，你們絕對不能張揚此事……」

這正是在基宅邸內的現況。

五

「我查出的正是這件事。」晴明對博雅說。

「可是，我還是不大清楚。這件事跟我到底有什麼關係？」

「不是很類似嗎？」

「什麼地方類似？」

「你家隨從和在基大人都看見自己想看見的東西。」

「什麼？」

「隨從因爲內心覺得害怕，才會看見妖鬼。而他們所見的妖鬼外形不一樣，是因爲兩人內心所想像的妖鬼形貌不同罷了。」

「……」

「無論是害怕的感情，或是想見過世女兒的感情，同樣都是內心強烈的感情。」

「晴明，我好像越聽越覺得莫名其妙……」博雅道。

「喂，晴明。」道滿擱下酒杯呼喚晴明。

「什麼事？」

「就算你花一個晚上向博雅大人說明眞相，吾人也無所謂，只是吾人很在意一件事。」

「什麼事……」

「你忘了自富子姬出現以來，今晚是第七天嗎？」

「喔，對，差點忘了。」晴明說畢立即站起身。

「晴明，怎麼回事？」

「正如道滿大人所說，我們必須盡快行動。」

「盡快？」

「抱歉，打斷了你喝酒的興致，我們必須立即趕往藤原在基大人宅邸。」

「什麼？」

「待會兒再繼續說明。」晴明道。

「晴明，今晚幸好博雅大人本人也在場……」道滿也慢條斯理地起身。

「博雅，有件事必須要你幫忙。你有帶葉二嗎？」

「當然有。」博雅也站起身。

「博雅，你願意跟我們一起去嗎？」

「去藤原在基大人宅邸？」

「嗯。」

「博雅大人，一起走吧。」道滿說。

「去嗎？」

「走。」

「走。」

事情就這樣決定了。

六

三人徒步出門。不搭牛車，而是走路前往目的地。

這樣比搭牛車快。

在前面帶路的是手持火把的蜜蟲。

來到在基宅邸時，雖然大門緊閉，卻可以看見宅邸內點著燈火。

宅邸內似乎爲了某事而人聲嘈雜。

「晴明，乾脆翻牆進去。」

道滿雖如此建議，但博雅敲了大門報上自己的名字，不久便有人出來打開大門。

「喔，博雅大人，晴明大人……」

在基當然認識博雅和晴明。

雖然他不認識道滿，卻也沒開口問道滿是什麼人。

他似乎已慌得無暇去管道滿是誰。

「發生了什麼事嗎？」晴明問。

「請你救命，晴明大人，活過來的富子好像又要死了……」

在基以哭得紅腫的雙眼望著晴明。

「我知道整件事的前因後果。」晴明沉靜地說。

「那麼，富子她……富子她……」

「我們可以讓她恢復元氣。」

「喔，眞的嗎？」在基的眼眸閃耀著喜悅亮光。

「不過，等富子姬恢復元氣時，她的身形也會當場消失。這樣可以嗎？」

「消、消失？」

「是。」

「意思是，她會死去？」

「不是。」晴明搖頭，「不會死，而是看不見而已。」

「如果維持現狀呢？」

「那麼，富子姬大概會死亡。」

「死、死亡……」

在基喃喃自語，沉默下來。接著他問：

「把事情全交給晴明大人的話，富子只是會消失而已，不會死去嗎？」

「是。」晴明點頭。

「我不知道晴明大人爲何今晚來這兒，事後我再慢慢請你說明。但是此刻，此刻，請你救救富子，請你讓富子脫離那種痛苦。我拜託你。」

「好的。」晴明道。

七

富子幼小的身體仰躺在庭院地面上。

在基建議取寢具出來鋪在地面，晴明拒絕了。

「就這樣比較好辦事。」

富子的身體直接躺在泥土地面。

她仰躺著，微微扭動身子。

雙眼緊閉。可以看到她緊咬的白皙牙齒。

只是扭動著身體。

光看她那個樣子，便可以察知富子此刻有多痛苦。

不但發不出聲音，而且很瘦弱，很憔悴。

據說，當富子的身姿逐日變得清晰後，便開始痛苦起來。

在基愈擔憂，富子的身體似乎也愈瘦弱，愈痛苦。

「請眾人離開此地，離遠一點。」晴明吩咐。

「我、我也必須離開嗎？」在基問。

「是，在基大人離得越遠越好。只能讓博雅大人挨近……」

只有我？

博雅詫異地望向晴明。

「博雅大人，笛子……」晴明不容分說地道。

博雅似乎已有心理準備，自懷中取出葉二開始吹奏。

緩慢旋律飄蕩在夜氣中。

「哇……」道滿情不自禁發出讚嘆聲，「這笛子非常出色。」

不久，所有私語全消失，庭院鴉雀無聲。

只有博雅的笛聲在靜寂中響起。

「噢，噢……」

在遠處觀看的在基叫出聲。

因爲本來無言地、痛苦地扭動身子的富子，突然停止了動作。

之後——

富子微微睜開雙眼，站起身。

似乎在忘我地傾聽博雅的笛聲。

過一會兒，富子的身子逐漸淡薄。

輪廓和外形都逐漸模糊，變成類似霧氣的煙靄，然後，在博雅的笛聲中不知何時竟消失了蹤影。

「富子……」

庭院中輕微地響起在基的喃喃自語。

八

「《莊子》中，有混沌這個詞……」

晴明再度回到自家宅邸坐在窄廊上後，如此說。

道滿和博雅也在場。

「混沌？」

「就是世界的原初，那種既非任何事物，也是所有事物的存在。比天地更悠久的存在……」

「是嗎？」

「《莊子》中的混沌，指的是居住在中央的帝王。」

晴明開始述說。

某天——

南海之帝儵與北海之帝忽，一同去拜訪中央之帝混沌，混沌待之甚善。於是儵、忽二神想報答混沌。

混沌沒有眼睛也沒有鼻子、嘴巴，是無臉神。

人。

南海之帝與北海之帝便爲混沌鑿了眼、鼻、耳、口七竅，想讓混沌成爲

兩人在混沌臉上每天鑿一竅，花了七天鑿出七竅。第七天，鑿出最後一竅時，混沌雖然成爲人，卻死了。

「啊，原來如此。」博雅聽畢點頭。

「這世上，留有往昔天地塵世形成之時，未一同化作天地塵世的混沌之所。」晴明說。

「是嗎？」

「船岡山正是其中之一。」

「唔。」

「船岡山頂的磐座，祭祀的正是這世上最古老的神祇混沌。結果你的笛聲讓祂覺醒了。所幸你的笛聲沒有任何邪念。在混沌神傾聽你的笛聲那時，祂可以平安無事，只是你的隨從看見了祂，而且是內心懷著恐懼之情看見的。當時他們內心擔憂萬一遇見妖鬼，到時不知該怎麼辦。」

「因此兩人便把混沌神看成是妖鬼……」

「被看成是妖鬼的混沌就去追趕你們。因爲逃走的人，內心都懷著對方一定會在背後追趕的心理。」晴明說：「結果，經過在基大人宅邸前的時候，混

沌神接觸到另一種更強烈的感情，正是在基大人思念富子姬的強烈感情。」

「……」

「我剛才不是說過，混沌是一種既非任何事物，也同時是任何事物的存在嗎？」

「嗯。」

「祂可以成爲目睹祂的人心中所想像的任何東西，就跟以前我說過的『覺』一樣。」

「你是說，『覺』也是古代眾神祇之一？」

「是的。」

聽畢晴明的說明，博雅取出葉二開始吹奏。

葉二的音色飄蕩在夜氣中。

博雅就那樣一直吹著笛將近黎明。

食蚓法師

一

橘師忠患上怪病。是一種口渴病。

無論喝多少水也無法解渴。

用大碗喝水仍嫌不夠。

他讓下人用大水桶汲水，直接把臉埋入水桶內喝。

整天喝個不停。喝得令人覺得可嘆。

倘若在一旁觀看的下人不抓住師忠的後領制止他，他恐怕會將臉埋在水桶中溺死。

但他仍嫌不夠。導致喝了太多水而瀉肚。

儘管如此，他依舊想喝水。因此不到幾天便瘦得不成人形。

明明身體骨瘦如柴，肚子卻因喝水過多而腫脹不堪，看上去像個餓鬼。

下人不給他喝水時，他會一直催促下人說：

「水，給我水。」

有時會在半夜起來把頭伸入庭院的池內喝水。

雨天時，則會到外面仰臉對著天空張開嘴巴邊喝雨水邊說：

「親愛的水，親愛的水。」

再向天空舉高雙手，宛如即將飛向天空。

看上去像是發瘋了。

下人覺得情況不妙，請來幾位醫術好的藥師爲師忠看病。

但所有藥師都說：「束手無策。」

適逢梅雨季，雨水很多。

每逢雨天，師忠總是要到屋外，令所有下人疲憊不堪。

這時，有個怪法師來叩門求見。

「貴府似乎正陷於困境。」

法師不知從何處聽說了師忠的病狀，他說：

「讓我來治療吧。」

那是個來路不明的法師。背上背著一把小琵琶。

頭部禿得光溜溜，身穿破爛服裝。

沒人猜得出他的年齡。

有時看似六十出頭，有時又看似八、九十歲，甚至一百歲。

眼睛很細。問他叫什麼名字，他回說：

「蝀法師。」

雖然是個可疑的法師，然而宅邸內正處於困境也是事實。

下人決定讓法師診療看看，便請蟲法師進入宅邸。

蟲法師與師忠會了面。

下人打算向法師詳細說明病狀時，法師卻一副心知肚明的樣子，揮手婉轉拒絕，再向師忠說：

「能不能請您仰躺下來？」

師忠仰躺後，法師敞開師忠的前襟，讓師忠裸露肢體。

瘠瘦的身體只有鼓脹的腹部朝上凸起。

「眞是脹得無話可說。」

「水、水、給我水……」師忠說。

「好，好。」蟲法師邊點頭邊自背部卸下琵琶，擱在膝上說：「我馬上讓您舒服起來。」

說畢，錚錚然彈起琵琶。

那是一把比普通琵琶要來得小巧的七弦琵琶。

起初，沒發生任何事。

然而，蟲法師繼續彈奏琵琶時，開始出現怪異現象。

每當琵琶錚、錚地響起，師忠鼓脹的腹部便會噗嚕、噗嚕地抖動。

錚。

錚。

噗嚕。

噗嚕。

如此反覆了幾次，一旁的下人叫出聲：

「啊！」

原來師忠鼓脹的肚皮上出現了某物。

是個小小的紅色斑點，位在稍高於肚臍的上方。

那個斑點逐漸膨脹。

「出來了。」蝀法師道。

剛說畢，那東西便滑溜地露出頭部。

「哇！」

「噢！」

旁觀的下人齊聲大叫。

「唔……」

師忠額上冒出油汗，凝望著從自己肚子內鑽出來的東西。

那東西繼續自師忠腹中爬出。

是一條有人的手指般粗，形狀類似蚯蚓的紅色物體。

表面覆有既非骨節又非鱗片的東西。

不一會兒，那東西全部爬出，在師忠肚子上蠕動。

「這樣就沒事了。」

蝀法師擱下琵琶，自懷中取出水罐，拔下栓子擱在琵琶旁邊。又自懷中取出一雙筷子，用右手握著筷子，夾起在師忠肚子上蠕動的那東西。

「唉呀，別逃，別逃。」

那東西在筷子間蠢蠢蠕動著想逃走，蝀法師將那東西放進擱在一旁的水罐內。

「沒事了。」蝀法師瞇著細小雙眼微笑道。

下人仔細一看，發現師忠的腹部已經恢復原狀。

「應該給法師一些謝禮……」師忠打算送禮給法師。

「不用。」

法師把筷子和水罐收入懷中，再度背起琵琶。

一副事已辦完的態度，站起身跨開腳步。

師忠和其他下人慌忙追在法師身後問：

「剛才從肚子內跑出來的那個東西到底是什麼？」

蝀法師只是笑而不答。

來到大門前，師忠再度問：
「你帶回那東西，到底打算如何處理？」
「是煮來吃好呢？還是烤來吃好呢？」
法師依舊掛著笑容答非所問。
如此，蝀法師離開了師忠宅邸。

二

兩人觀望著雨絲在喝酒。
是柔軟的細雨。
由於無風，雨絲不會吹進屋簷下，因此兩人坐在窄廊喝酒也不會淋到雨。
庭院如夏季的原野。
草叢和所有樹葉都溼潤得下垂且發亮，看上去愈發顯得枝葉繁茂。
梅雨季還未結束。
庭院應該有銀錢草[1]花叢，只是花已經謝了，只剩下茂盛的葉子，光憑放眼望去尋不著到底在哪裡。
鴨跖草[2]的碧藍小花星星點點散落，很容易分辨。但若要找銀錢草，恐怕

1 日文名為「一人靜」（ひとりしずか，hitorishizuka），學名*Chloranthus japonicus*，多年生草本，高約十至二十公分，葉橢圓，春天莖頂開白花，通常生長於山野樹蔭處。

2 日文名為「露草」（つゆくさ，tsuyukusa），學名*Commelina communis*，一年生草本，鴨跖草科，高約三十公分，夏天為花期。花瓣藍色，瓣三枚。平地至中海拔水溝邊、沼澤、潮溼路旁較常見。

必須到庭院中找吧。

「晴明。」

博雅將打算送到唇邊的酒杯停在與胸口平高後開口。

「博雅，什麼事？」

身穿白色狩衣的晴明，將本來漫然望著庭院的視線移至博雅身上。

「其實雨天也不錯。」

博雅回望了晴明一眼，再望向庭院。

雖然雨絲落在整個庭院，聲音卻不嘈雜。

傳至耳邊的雨聲，跟眼前爲風景襯底的淡霧般色調類似，絲毫不會令人覺得刺耳。

雨聲反倒令庭院似乎更顯靜寂。

此處是安倍晴明宅邸的庭院。

「這樣觀看著雨絲，我總覺得彷彿是上天在祝福大地上的生命。」

源博雅陶醉地閉上雙眼。

「總覺得雨絲好像也澆入我的體內。」

博雅閉著眼，像在傾聽灌進自己體內的雨聲。

「可是，倘若雨下在屋內，不是很麻煩？」晴明問。

「屋內？」

「嗯。」

「什麼意思？」博雅睜眼望著晴明。

「我是說藤原將行大人的事。」

「什麼事？」

「將行大人宅邸發生了怪事。」

「這事我也聽說了。」

「你已經聽說了？」

「聽說來了一位怪法師，會自人體內取走蚯蚓。」

「原來你在說那件事？」

「什麼那件事？難道除了法師以外還有其他事？」

「有。」

「什麼事？」

「在這之前，你先講法師的事給我聽。」

「可是，晴明，聽你剛才那樣說，你不是已經知道法師的事嗎？」

「我的確聽人說過，但是，博雅，我想聽你把你所知道的事情經過敘述一遍。」

「那件事跟你的工作有關嗎？」

「或許有關，也或許無關。爲了確認到底跟我有無牽連，我想聽聽其他人怎麼講述。因爲你有時會察覺到我完全沒想到的事。」

「是嗎？」

「拜託你。」

「好。」博雅點頭道：「根據我聽說的內容，好像自將行大人在伊勢拾到一面鏡子後，事情才發生的。」

博雅開始講述事情的來龍去脈。

三

藤原將行在梅雨尚未降時前往伊勢參拜神宮。

參拜完畢後，歸途中在伊勢的五十鈴川休息。

由於河水清澈見底，將行在河邊彎腰打算親自洗手，發現水中有個閃閃發光的東西。

他好奇地伸手自水中拾起那東西，結果是一面鏡子。

鏡子雖然落在水中，卻毫無瑕疵。

背面雕刻著類似龍的花紋。是雙頭龍。

但並非只有一條尾巴的雙頭龍，而是無尾。龍身的兩端均是龍首。

「眞是一面出色的鏡子。」

將行帶著那面鏡子回到京城。

藤原將行在伊勢五十鈴川拾到一面豪華鏡子的風聲四處流傳，於是有人說：

「眞想瞧瞧那面鏡子。」

「那麼，大家在鏡子前邊喝酒邊吟詩吧。」

事情就變成如此。

梅雨季中旬過後，眾人聚集在將行宅邸。

「喔，這眞是一面出色的鏡子。」

「看看這條龍的設計如何？」

聚集的眾人都對那鏡子之美讚嘆不已。

「應該是一面名鏡吧。」

「可是，爲什麼會掉落在五十鈴川呢？」

「會不會是伊勢大神的鏡子？」

由於眾人均酒酣耳熱，大家各執所見。

把鏡子擱在鏡臺，眾人正準備吟詩時，雨勢突然轉急，上空烏雲密布，雷聲轟隆作響。

「怎麼回事？」

眾人仰望上空時，烏雲中突然出現一道閃電霹靂落下。

閃電擊中的正是擱在屋頂下的那面鏡子。

那閃電伴隨震耳欲聾的雷鳴。

眾人發出尖叫捂著耳朵趴在地板上，待眾人抬起臉時，鏡子已消失無蹤。

是有人趁大家趴倒時偷走了鏡子？還是閃電擊碎了鏡子？

「但是，在那種狀況下，到底誰能偷走那面鏡子？」

「這一定是伊勢大神化為閃電，自天而降取回那把鏡子了。」也有人如此說。

然而，沒人明白事情眞相。

只知道在落雷後，將行宅邸的那面鏡子消失了。

之後才發生怪事。

當時聚在將行宅邸的人中，有幾人患上了怪病。

是口渴病。

這些人無論喝了多少水仍覺得不夠，口渴到甚至想喝池水或雨水。

患上怪病的總計有六人。

起初爲了體面，大家都隱瞞此事。待病癒後，各人老實說出怪病時，其他人才坦白承認：

「我也是。」

「我也是。」

這才知道到底有誰患上了口渴病。

六人都是那天到將行宅邸聚會的人，沒參與聚會的人似乎皆未患上這種怪病。

橘師忠。

源清澄。

伴兼文。

藤原是善。

菅原實文。

紀忠臣。

據說是此六人患上同樣的口渴病。

而且都是同一位法師治癒了這六人的怪病。

聽說有位自稱「蝀」的法師前往各宅邸進行治療，結果六人全病癒了。

那位法師的治療法是彈琵琶。

每當蝀法師彈奏琵琶時，病人腹中便會爬出一條類似蚯蚓的蟲。蝀法師再用筷子夾起那條蟲放進水罐。

如此，病人就不再感到口渴，奇蹟似地病癒。

一人一條蟲。

蝀法師總計得到了六條蟲。

博雅說的正是上述這些事。

四

「原來如此。」晴明點頭，「跟我聽說的一樣。」

「內容不一樣比較好嗎？」

「我不是這個意思。如果內容一樣，那就愈接近我所猜測的眞相。因爲這類風聲傳來傳去，傳到最後往往會面目全非。」

「有道理。那麼，你也知道是什麼顏色了？」

「顏色？」

「蟲的顏色啊。」

「我聽說師忠大人腹中出現的蟲是紅色……」
「那你大概不知道清澄大人腹中出現的蟲是什麼顏色吧。」
「不知道。是什麼顏色？」
「是藍色。」
「藍色？」
「我聽到的確實是藍色。」
「其他呢？」
「其他？」
「兼文大人、是善大人、實文大人、忠臣大人腹中出現的蟲是什麼顏色？」
「這個嘛，其他人到底是什麼顏色，我也忘了，只記得應該也有綠色和黃色。對了，實文大人的好像是橙色……」
博雅說到此，晴明大叫：
「博雅，你眞厲害！」
「厲害什麼？」
「果然應該問你，如此一來，我就更明白了。」
「明白什麼？」
「明白蝀法師所收集的那些東西到底是什麼。」

「我不明白，難道那不是蟲……」

「你應該明白。這回的事件，起因都在藤原將行大人於伊勢五十鈴川拾到的那面鏡子上。」

「這又怎麼了？」

「那把鏡子上有雙頭龍雕刻。」

「這個我也知道。」

「加上你剛才說的那些蟲的顏色，再仔細想想，不就明白了？」

「我完全不明白。」

「你仔細想想。」

「就是想了也不明白，我才問你呀。」博雅不滿地噘起嘴，「晴明，你每次都這樣故意賣關子不告訴我，眞的是一種壞習慣。」

「不久你就會明白。」

「不久？」

「再過一會兒，我必須前往將行大人宅邸一趟。」

「爲什麼？」

「去處理將行大人宅邸內發生的怪事。」

「怪事？」

「我剛才不是說過，倘若在屋內下雨會很麻煩嗎……」
「什麼意思？」
「意思是將行大人宅邸內會下雨。」
「應該只是漏雨吧？」
「不是。聽說不僅雨天，連晴天也會下雨。」
「是嗎？」
「博雅，你去不去？」
「去將行大人宅邸？」
「嗯。去的話，自然就會明白有關蟲的事。」
「唔。」
「走。」
「走。」
事情就這樣決定了。

五

「原來如此，是這個嗎？」

晴明說這句話時，人已經在藤原將行宅邸內。

「唔，唔。」博雅看到那光景時也發出輕微叫聲。

屋內在下雨。

不是漏雨，也不是雨滴隨風吹進來。而是名副其實地屋內在下雨。

天花板附近有一團淡紫色的朦朧雲霧，雨正是從那團雲霧中降下。

雨量不多。

雖然比毛毛細雨多一點，但確實是雨。

因此宅邸內只有那個角落的地板是溼的。

「這現象自何時發生？」晴明問將行。

「大約半個月前。」

「這麼說來，是從那面在伊勢拾到的鏡子被雷擊中那天開始的嗎……」

「應該是吧。」

晴明望著天花板附近那團雲霧問：

「那團雲會不會移動？」

「不會。」

「不移動？」

「是的。我們用扇子搧，想把那團雲趕到屋外，卻毫無效果……」

「我問的不是這個意思，我是說，雲始終固定在這個地方下雨嗎……」

「不，之前是在那裡。」將行指著靠近庭院的角落。

「現在移到這裡？」

「是的。因爲擱在那邊的家具都淋溼了，我們把家具搬到別處，起初沒什麼問題，但不久後雲霧也漸漸開始移動，最後又聚攏在搬開的家具上下雨……」

據說這事重複了好幾次，雲霧每次總是跟在家具後移動位置。

眾人推測原因大概在搬動的家具上，便把那些家具搬到屋外——

「結果雲霧沒什麼變化，過一會兒，雨也停了。」

然後過一陣子再把家具搬進屋內。

「雲霧再度過來，又下起雨了。」

事情經過便是這樣。

晴明望向下雨的角落，該處擱著矮書桌和幾個木箱。

「搬動的家具是那些嗎？」

「是的。」

「您說曾把那些家具搬到屋外，那時屋外的狀況如何？」

「屋外的狀況是指……？」

「在下雨嗎？」

「在下雨。那時我也認爲，爲了避雨特地把那些家具搬到外面淋雨，似乎有點……」

「我能不能看看那些矮書桌和箱子？」

「當然可以。」

「那我過去看看。」

晴明走進霧氣般的雨中，站在矮書桌前。

矮書桌上擱著三個漆器箱子，三個箱子都淋溼了。

「這是什麼？」

「箱子內都是鏡子。」

「鏡子？」

「聚會當天，這些鏡子都擱在伊勢那面鏡子附近。這些鏡子是我們宅邸內最出色的，所以當天便跟伊勢那面鏡子擱在一起。」

「原來如此。」

晴明邊說邊打開蓋子，依次取出漆器箱內的東西。

是用素色絲綢包裹的鏡子。

晴明取出三面鏡子觀看。

「是這個。」

他拿起其中一面鏡子。

「下雨的原因大概是這面鏡子。」

「這面鏡子？」

「是。」

「不過，這面鏡子之前便一直在我家裡，至今爲止都從未發生過這種怪事……」

晴明打斷將行的話。

「能不能請您準備一雙筷子和一個水罐或罈子？」晴明道。

兩樣物品立即送來。

晴明把鏡子擱在地板上，一旁擱著水罐，右手持著筷子。

接著口中喃喃唸著咒文，再用左手指尖碰觸鏡子表面。

突然——

鏡子表面突起一個東西。那東西逐漸膨脹，從鏡面爬出。

「喔！」

「唔！」

將行和博雅發出叫聲。

那是如蚯蚓般蠕動的紫色蟲。

待蟲全部爬出後，晴明用筷子夾起那條蟲放進水罐，堵上塞子。
結果，一直在房內下著的雨竟然停了。
而天花板附近那團雲霧也同時逐漸變淡，最後消失無蹤。
「解決了。」晴明說：「往後貴府內應該不會再下雨。」
「雖然我不知道雨爲何會停，總之請先容我致謝……」
將行過來握住晴明的手。
「可是，雨爲什麼……」
「原因是這條蟲。」晴明取起擱在地板上的水罐。
「蟲？」
「跟其他蟲附身在師忠大人、是善大人、忠臣大人體內一樣，這條蟲也附身在這面鏡子上。」
「到底發生了什麼事？我在伊勢拾到的那面鏡子究竟是什麼東西？」
「等過幾天事情全部解決後，我再告訴您原因。」
「事情還未全部解決嗎？」
「有關貴府內的雨、將行大人以及其他被蟲附身的諸位大人的問題，已全部解決了。」
「……」

「目前只剩下這個問題。」

晴明舉起手中的水罐。

「順利的話，事情會在今天或明天全數解決。」

「今天或明天？」

「我想，蝀法師大人將會拜訪貴府，向將行大人問起有關蟲和鏡子的種種事，那時，請您對他說，附在鏡子上的蟲已被晴明我找到並取走，這樣就可以了。」

「眞的這樣就可以？」

「是。」晴明點頭，再望向博雅說：「衣服有點淋溼了，我想先回宅邸一趟換衣服……」

晴明手中握著水罐，鑽進牛車之前，仰望天空又說道：

「梅雨季應該快結束了。」

這時雨幾乎已經停止，整片天空明亮起來，發出銀色光芒。

六

兩人在晴明宅邸前跨出牛車時，雨已經完全停了。

天上的烏雲四處露出裂罅，從中射下幾道陽光。

博雅仰望上空大叫：「噢……是彩虹。」

天空掛著美麗彩虹。

博雅觀看著彩虹，接著歪著頭說：

「晴明，好奇怪啊……」

「什麼事好奇怪？」

「那道彩虹。」

「彩虹怎麼了？」

「我也說不出彩虹到底什麼地方奇怪……」

博雅望著彩虹喃喃自語，接著大聲說：

「我知道了，彩虹少了紫色。」

博雅說的一點也沒錯。

一般說來，彩虹圓弧外側應該是紅色，而內側是紫色，然而此刻的彩虹卻缺少最內側的那道紫色。

七

晴明和博雅坐在窄廊喝酒。

身穿十二單衣的式神蜜蟲坐在兩人旁邊。

每當兩人的酒杯喝光時，蜜蟲便會取起酒瓶往杯子內斟酒。

晴明膝蓋前擱著那個裝著紫色蟲的水罐。

「我還是莫名其妙。」博雅將酒杯送到唇邊說。

「就是那道彩虹啊。」晴明道。

「彩虹怎麼了？」

「彩虹即長蟲……也就是蛇。」

「蛇？」

「是蟲的一種。」

「聽不懂。」

「把虹這個字寫寫看就懂了。」

晴明用右手小指沾了酒，以沾溼的手指在窄廊地板上陸續寫下跟彩虹有關的文字。

虹。

蜺。

蝛。

螮蝀。

「怎樣？每個字是不是都是虫字旁？」

「這又怎麼了？」

「蛇與龍鄰。」

「龍？」

「雨後，龍降到河川喝水時的姿態便是彩虹。」

「啊？」

「古時稱彩虹爲虹霓。《窮怪錄》一書中記載，北魏正光二年，虹霓自空而下飲於溪泉。很多書籍都記載了彩虹飲溪流的事。」

「……」

「你知道虹的古字嗎？」

「不知道。」

「那我教你。」

晴明再度用手指沾酒，在窄廊寫下文字。

「這圖的意思是雙頭龍自空而降飲兩溪流之水。」

「唔。」

「將行大人在伊勢五十鈴川拾到的鏡子，背面那條雙頭龍，就是彩虹。」

「可是，鏡子和彩虹……」

「你別忘了兩者都是映照陽光的物品。鏡子象徵太陽本身，而彩虹不正是映照陽氣的代表嗎？」

「……」

「所謂陽氣，正是以赤、橙、黃、綠、藍、靛、紫……亦即彩虹的顏色來表象。」

「唔。」

「也有書籍記載，虹是從蛤升上天空的天地之氣。蛤，便是雙面鏡子。自古以來，便有彩虹上升之處埋藏著寶物或鏡子的傳說，這也是有其根據的。」

聽著晴明的說明，博雅只能頻頻點頭。

「《日本書紀》中有記載五十鈴川的事。」

「眞的？」

「雄略天皇[3]三年四月那段文章……」

「……」

3 日本第二十一代天皇，在位期間為四五六—四七九年。是《宋書》、《梁書》中所記載的「倭五王」中之「倭王武」。

「記載著齋宮[4]栲幡皇女[5]因莫須有的讒言而自殺一事。」

「莫須有的讒言？」

「進讒言的人是阿閉臣國見[6]。他向皇上說，湯人[7]廬城部連武彥姦污了栲幡皇女使其妊娠……」

武彥之父枳莒喻聽到此讒言，深恐自身遭受連累，把兒子武彥喚到廬城河邊將其殺害。

皇上質問皇女眞相，皇女當然回說沒有這回事。

但是皇上仍懷疑皇女的清白。

因此皇女在某夜自宮中偷出神鏡，埋在五十鈴川岸邊，然後自縊身亡。

皇上察覺皇女失蹤，在深夜四處尋找皇女。

結果在五十鈴川看到一道高掛河上的彩虹。

皇上命人在彩虹升起處挖掘地面，果然挖出了神鏡。

而且在神鏡附近找到了皇女的屍骸。

皇女當然沒有懷孕。

「啊，我太對不起妳了。」

皇上潸然淚下，再度把鏡子埋回原處，重新厚葬了武彥和皇女。

「事情大致是如此。」晴明說。

---

4 在伊勢神宮當巫女的處女身皇女所居住的地方，具巫女身分的皇女稱為「齋王」。

5 雄略天皇的皇女。

6 一說是當時負責保護齋宮的警護之人。

7 服侍皇子或皇女沐浴的官職。

「那麼，晴明，將行大人在伊勢五十鈴川拾到的鏡子，是栲幡皇女的……」

「應該是吧。」

晴明將手中的杯子擱回窄廊，望向庭院接道：

「不過，這之後的事還是讓蝀法師大人來說明會比較詳細。」

到底是何時來的？

不知何時，蝀法師已經踏著剛才被雨淋得發光的鴨跖草站在眼前。

「您終於來了？」晴明問。

「我剛才拜訪了將行大人宅邸，得知晴明大人之事。因此連忙趕到這兒來。」老法師——蝀法師答。

「您聽了我跟博雅的對話嗎？」

「只聽了一半。」

「我說的有沒有離譜之處？」

「大致就如你說的一般。」

蝀法師踏著草叢挨近窄廊上的兩人。

他在兩人坐著的窄廊前止步。

「晴明大人，能不能將你在將行大人宅邸得到的東西交給我？」

「當然可以，只是我們仍有許多疑問想請教法師。」

「是嗎？」

「從哪兒說起都無所謂，能不能請法師述說詳情。」

「好吧。」蝀法師點頭。

八

「入梅之前……」蝀法師徐徐說起：「發生一場暴風雨。」

暴風雨使得河川高漲，剜掉了埋藏鏡子的河堤。

「因此鏡子隨波逐流，失去下落。而拾到那面鏡子的人是……」

「藤原將行大人……」晴明說。

「嗯。」

蝀法師點頭。

「那面神鏡非常珍貴。是往昔自魏國傳進來的。神鏡完成時便具有凝聚天地之氣的力量。而且自從栲幡皇女把鏡子埋進地下後，又獲得伊勢大神的力量，神鏡的力量比以前更強大，不知不覺中竟在這五百年來成爲使這一帶彩虹具象的鏡子……」

「是。」

「如今，倘若沒有那面鏡子，人們便無法看到掛在空中的彩虹。」

「然後呢……」

「我必須找到那面鏡子，所以從伊勢出發，路經高野、吉野，最後來到京城時才找到那面鏡子的所在。那時鏡子剛好擱在將行大人宅邸內，眾人正在吟詩。由於我必須取回鏡子，於是伸出手……」

「正是那陣雷電吧。」

「嗯。」

蟀法師取回了鏡子，然而取回時出了過大的力量。

「導致鏡內的天地之氣迸出。」

「結果那些天地之氣潛進當時剛好在現場吟詩的眾人體內。」

「天地之氣即使迸出鏡子也不得不附在某物上。而且不是隨便附身，會附在與自己有因緣的物體上。剛好，當時正在觀賞鏡子吟詩作樂的那些人，便是這因緣之人……」

「由於他們對鏡子的感情太強烈，才造就此因緣……」

「是的。」

「因此天地之氣化爲七種顏色的蟲，潛入他們體內，在體內逐漸成長。」

「嗯。」

「諸位大人會那般想喝水，全都是因爲體內棲宿了虹霓之氣吧。」
「正是如此。」
「那把琵琶呢？」晴明望著蝀法師背上的琵琶問。
「這是七弦琵琶。彈奏這把琵琶時，每條蟲都會各自和其中一弦的音色共鳴，之後在各位大人體內凝聚鏡子的氣，最後化爲一條蟲爬出……」
蝀法師繼續說明。
「總之，我聚集了六條蟲，但始終找不到最後一條蟲。這時我才恍然大悟，前往將行大人宅邸，結果爲時已晚，晴明大人已經早一步取走了。」
「是。」
博雅在此插嘴問：
「可是，晴明，爲什麼最後一條蟲會潛入那面鏡子？」
「那面鏡子是名品，而且也雕有傑出的龍紋。應該是基於龍的因緣。如果雕的是虎，恐怕便不會附身。」
「原來如此。」博雅點頭。
「晴明大人……」蝀法師仰望天空說：「我想趁彩虹還未消失，把問題全部解決。能不能請你把那水罐中的最後一條蟲給我？」
「當然可以。」

晴明取起擱在膝前的水罐遞給蝀法師。

蝀法師接過水罐。

「實在很抱歉。我很感謝你，晴明大人。」

「不用道謝。」

「晴明大人，往後你需要雨水時，無論何時，只要你向伊勢方位祈求並下令，我會即時降雨。」

「那真是萬般榮幸。」晴明道。

「那麼，由於我還要趕路……」蝀法師頷首道別。

突然，雷聲轟隆作響，一道閃電自庭院疾馳至上空。

蝀法師也消失了蹤影。

「晴、晴明！」博雅大叫。

「蝀法師去解決問題了。」

「那位法師到底是何方人物？」

「是五十鈴川之主。總之是龍族的眷屬吧。大概是伊勢大神命他來解決這回的事件。」

晴明起身，站在窄廊上自屋簷下仰望天空。

「博雅，彩虹恢復原狀了。」

博雅也跟著抬頭仰望，大半天空均已放晴。

「喔……」

白雲三三兩兩自西往東飄動。

天空充滿了梅雨季即將結束的夏季跡象。

黃昏時分的藍天上高掛著一道彩虹。

彩虹已加上一條紫色光彩。

「看來蝀法師大人急得昏頭轉向了。」

晴明望著天空喃喃自語。

彩虹的紫色光彩本來應該位於最內側，但眼前這道彩虹的紫色卻在最外側的赤色之上。

食客下人

一

正在下雨。

是毛毛細雨。無聲。

雨絲細微得會令人錯以爲是霧氣。

即便沒披簑衣走在外面，身上也不會淋溼。假如閉著雙眼走路，甚至會感覺不出自己是否在雨中行走。倘若長時間待在屋外，頂多會因身上的布料微微加重，才發現原來正在下雨。

話雖如此，始終在屋外的花草和樹葉均已被雨水淋得閃閃發光。

繡球花的花色因溼潤而更增添一分鮮豔。

是梅雨季即將結束的時節。

整片天空發出黯淡銀光，彷彿雲層隨時會裂開，射下夏季陽光。

晴明和博雅坐在窄廊喝酒。

晴明支著單膝，背倚柱子，心不在焉地望著庭院。

左手細長指尖拈著的杯子裡還剩半杯酒。

晴明將杯子徐徐送至脣邊，視線依舊望著庭院，一口喝光杯內的酒。

口中含酒的脣角點著若隱若現，猶如一星火光的微笑。

他並非故意在脣角浮出那種笑容。
對晴明來說，那是天然的笑容。
「晴明，你在看什麼……」博雅問。
博雅追隨晴明的視線，也望向庭院。
是一如往常的晴明庭院。
看上去彷彿將山野一隅原封不動地移至庭院，但晴明其實有略加整理。
鳴子百合[1]在夏天開白花——
桔梗和龍膽在秋天開紫花——
這些花草依四季在庭院各個角落聚成一叢一叢地開，應該並非自然形成——
而是經過晴明親手設計的吧。
當然，目前離桔梗和龍膽的花期尚早。
「沒什麼……」晴明答。
「可是，晴明，你現在不是正望著庭院嗎？又不是閉著眼睛，一定是在看著什麼東西……」
「按照你說的意思，我確實在看著某種東西，但我並非真的聚精會神在看著那樣東西。」
「啊？」

1 又名日本黃精，學名 Polygonatum falcatum，為百合科黃精屬的一種。

博雅頓住正要送至脣邊的杯子。

「晴明，你到底在說什麼？我完全聽不懂。到底是有在看還是沒在看……」

晴明聽博雅如此問，不禁苦笑出來。

「博雅，舉例來說，庭院的那塊岩石是不是也在看著庭院？」

「什……」

「岩石看得見東西嗎？」

「你、你到底在說什麼？晴明……」

「我是說，你剛才叫我時，我的心理狀態正跟那塊岩石一樣。」

「……」

「內心空空如也。」

「空空如也？」

「是天然狀態。」

「……」

「假如岩石也有眼睛，當時岩石的眼睛到底是睜是閉，根本不成問題。因此我才回你……沒什麼。」

「我聽不懂。你在向我說明某事時，經常愈說反倒愈是令我一頭霧水，此刻正是如此。」

「抱歉。」

「不，就算你向我道歉，聽不懂就是聽不懂。」

「唉呀唉呀，博雅，正因爲在我身旁的是你，我才能夠放寬心懷地處於天然狀態。要是其他人可就不行。」

「唔，唔……」博雅支支吾吾，接著說：「喂，你該不是打算誇獎我幾句就想把問題蒙混過去吧？」

「哪有？我根本沒在蒙混你。」

「那麼，晴明，換句話說，這跟平時剛好相反嗎？」

「相反？」

「平時的話，每當我陶醉地望著庭院或花叢，覺得內心很舒服時，你就會叫住我……結果，每次你開口叫住我時，我內心那種舒服的感覺也往往會跟著跑掉。你說的是這種意思嗎……」

「唔，也可以這麼說……」

「幹嘛答得這麼模稜兩可。」

「博雅，我的意思是，就按照你說的那般來解釋也可以。」

「晴明，你這樣說，聽起來好像在敷衍了事……」

博雅微微噘起嘴脣。

「博雅，先不管這個，昨天的事到底怎樣了……」

「昨天的事？」

「你有沒有轉告對方？」

「喔，是橘磐島大人的事嗎？」

「原來對方是橘磐島大人？」

「嗯。昨天我遣人到藤原親賴大人宅邸轉告了你說的話。對方說，無論你何時去都無妨。」

「嗯。」

「我今天正是打算告訴你這件事才來這裡，結果酒一送出來，竟然忘了先說正事。」博雅道。

二

昨天——

晴明和博雅一起造訪鸕鶿匠賀茂忠輔家。

賀茂忠輔是位操縱鸕鶿的高手，人們稱他爲「千手忠輔」。

晴明以前爲了「黑川主」事件曾經幫過忠輔，那之後每逢夏季，忠輔都會

送香魚到晴明宅邸。

有時晴明也會邀博雅一起前往鴨川河畔的忠輔家，當場烘烤享用忠輔在兩人眼前捕獲的香魚。

昨天正是這種日子。

歸途中——

兩人搭牛車順著東洞院大路北上，經過六角堂附近，正要駛進三條大路時——

「唔。」晴明小聲叫出，掀起垂簾往外觀看，接著低聲說：「哎，這個……」

在此之前，兩人一直在聊著剛才在忠輔家吃的香魚。

「晴明，怎麼了……」

博雅也湊過頭來，自晴明掀起的垂簾縫隙往外觀看。

有個騎在馬上的男人自北邊順東洞院大路南下，剛好正要穿過三條大路。

一個隨從握著男人騎的馬匹拉繩。

從牛車內，可以看到馬匹後跟著三個看似下人的男人。

騎在馬匹上的男人，身體顯然很不適。

他無力地垂著頭，頭隨著馬的步伐左搖右晃。

似乎無法把頭部固定在同一個位置。

不只頭部，上半身也搖搖晃晃，看似隨時都會自馬上摔下來。

「停車。」晴明讓牛車停駛。

「晴明，怎麼回事？」博雅問。

「噓！」晴明簡短地制止，依舊凝望著馬上的男人及其隨從。

不久，一行人進入某棟面向東洞院大路的宅邸大門。

「那是哪位大人的宅邸？」晴明自垂簾縫隙望著宅邸問。

「是藤原親賴大人宅邸。」

「你跟他交情好嗎？」

「談不上什麼交情，不過他會彈琵琶，曾經和著我的笛聲合奏過幾次。我們時常彼此互送禮物問候。」

「唔。」

「親賴大人有什麼事嗎……」博雅問。

但不知晴明有沒有聽進這句話。

晴明放下掀起的垂簾對牽牛人說：「走吧。」

牛車咕咚地開始前進，接著咕咚、咕咚地往前行駛。

晴明默不作聲地凝望著半空。

「喂，晴明，發生了什麼事？」

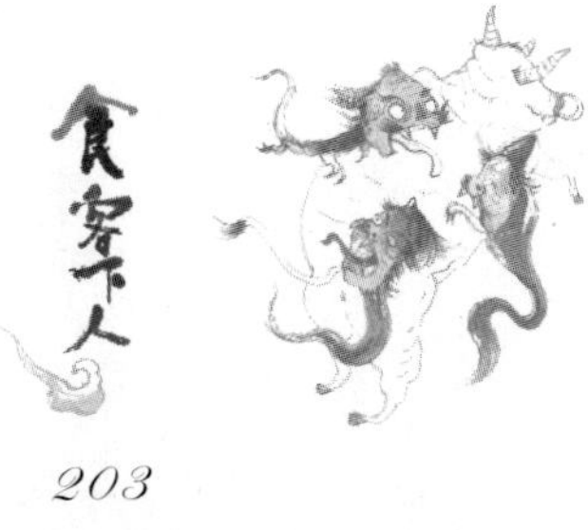

「我看見了。」

「看見了？看見什麼？」

博雅問，然而晴明沒有作答。

「若是平時，因爲習慣成自然，即使看見了，我也會當做視而不見，但這回的例子，看來不能坐視不管……」

「晴明，你到底在說什麼？我完全聽不懂。告訴我到底是什麼事。」

「別急，博雅，也許是我誤解了。」

「……」

「不過，既然看見了，總不能袖手旁觀……」晴明望著博雅道：「我想求你幫我一件事。」

「什麼事？」

「你剛才說，你認識那宅邸的藤原親賴大人？」

「嗯，有來往。」

「那你今天馬上去拜訪對方，轉告我說的話。」

「轉告什麼？」

「你就說，今天路過貴府時，偶然看到有訪客進入貴府，那位訪客看上去病得不輕。剛好晴明也一起看到了，晴明說，倘若貴府不嫌棄，他願意爲貴人的安康盡一份心力……」

「唔，嗯。」

「接著再說，如果貴府願意接受晴明多事插手，那麼請貴府先準備一頓盛饌……」

「盛饌？」

「首先是山珍海味，再準備一樽美酒。還有，對了，另外準備一頭牛。牛的生年干支最好跟那位進入親賴大人宅邸的訪客相同。」

「生年干支相同的牛？」

「是的。」

「到底怎麼回事？」

「不先等親賴大人和那位訪客答應，我怎麼向你說明到底是怎麼回事？等事情有進展時，我再向你說明。或許是我判斷錯誤……」

「我當然願意代你轉告，可是，晴明……」

「怎麼了？」

「你很愛賣關子，這眞的是你的壞習慣。」

「是嗎？抱歉。」

晴明雖然向博雅頷首致歉，卻也沒向博雅說明任何事。

「總之，博雅，拜託你了……」

這是昨天發生的事。

三

「原來如此。」晴明點頭，「那麼，親賴大人和那位橘磐島大人都答應此事了？」

「是的。」

「磐島大人是哪裡人？看上去似乎不是京城人……」

「是奈良人。」

「奈良？」

「聽說住在奈良大安寺西村，這回出門前往越前國敦賀[2]。」

「是嗎？」

事情是這樣的。

前些日子磐島突有所感，向大安寺借了四十貫[3]修多羅供錢。

修多羅供錢本來便是大安寺的錢。

修多羅即梵語中的sutra——亦即佛經。

2 福井縣南部臨敦賀灣的港口都市，自古以來便是日本海的交通要地。

3 一貫是一千文錢幣，錢幣中央有洞，用線串成一串，稱為「貫」。

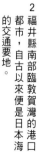

「修多羅供」是以《華嚴經》爲主，挑選所有佛教經典加以誦讀、講說，以期芸芸眾生諸願成就，並祈求天下太平、佛法興隆所進行的法事。

修多羅供錢是指花在法事的費用。

磐島利用那些修多羅供錢買了一艘船，前往敦賀，在敦賀購得各式各樣物品。

回來後再轉賣那些物品，便可以獲取厚利。

不料，磐島在歸途上突然病倒了。

他把船停泊在途中港口，決定改走陸路騎馬返鄉，然而來到近江國[4]高島郡[5]湖畔[6]路上時，已經無法以自力操縱韁繩。

過了琵琶湖路經山城國[7]山科時，磐島全身不停冒出油汗。

抵達京城時，他已經虛弱得隨時會落馬。

因此才暫時借住在以前便熟識的藤原親賴宅邸養病。

「結果我們剛好路過那裡。」

「是的，晴明。」

博雅將空酒杯擱在窄廊上。

「接下來，晴明，這回輪到你向我說明昨天你到底看見什麼，又打算做什麼事……」

4 現日本滋賀縣。

5 現已併合為高島市。

6 指琵琶湖。

7 今京都府南部。

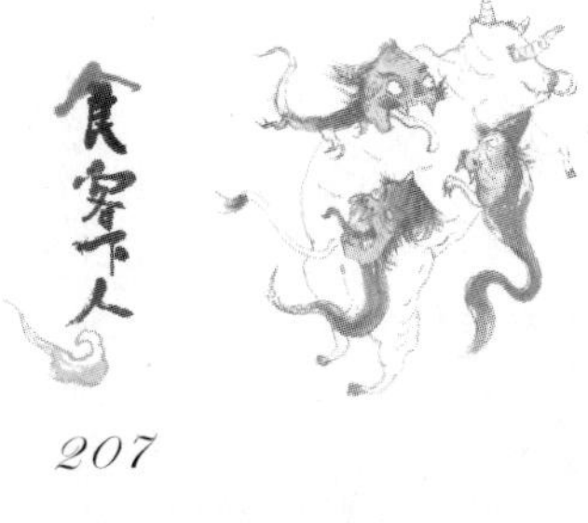

「先別說看見或沒看見什麼，你看見的跟我看見的不是一樣嗎？」

「話雖這麼說……」博雅壓低聲音問晴明：「可是，你應該可以告訴我了吧？這回到底是怎麼回事？到底發生了什麼事……」

「如果置之不顧，磐島大人可能有性命之憂……」晴明答。

「這樣說，我就聽懂了。」

「既然如此，必須先治癒磐島大人的病。」

「啊？」

「聽了你的說明，我明白了幾件事。雖然目前磐島大人暫時不會喪命，但必須盡早讓他脫離眼下的痛苦。」

「脫離？」

「事後再向你說明吧。」

「你說什麼？」

「親賴大人和磐島大人不是都已答應我隨時可以去造訪嗎？」

「磐島大人的意思是，如果有辦法讓他恢復健康，他希望你馬上去一趟。」

「那麼，必須趁早趕過去。」

「趁早？」

「是的，趁早。」

「現在就去？」

「現在就去。」晴明說畢，望向博雅問：「博雅，你去不去？」

「去親賴大人宅邸？」

「嗯。」

「去，去。」

「走。」

「走。」

事情就這樣決定了。

四

晴明和博雅抵達藤原親賴宅邸時，雨已經停了。

天空似乎也明亮起來。

晴明和博雅坐在圓草墊上，親賴和磐島則坐在兩人對面。

磐島看似稍微恢復了體力，額上已不見油汗。

但是他的臉色非常壞，雖然坐著，卻好像隨時都會當場倒下。

「晴明大人，讓您特地跑一趟，實在很過意不去……」親賴說。

「晴明大人，我早就聽聞您的大名。這回爲了治癒我的病，有勞您移步大駕光臨，眞是不敢當。」磐島有氣無力地說。

「我已經聽博雅大人說明過了，大致已明白箇中事由……」晴明彬彬有禮地說。

「是嗎？我這個病，途中曾向幾位藥師取得藥劑，卻完全不見好轉。這回勞煩晴明大人親自爲我看病，我想應該可以痊癒吧。」

晴明聽完磐島的話，將視線移向親賴。

「我所說的物品您是否都已備齊？」

「已備齊了，只要下令，隨時都可以送上來。」親賴答。

「山珍海味和一樽酒……」

「嗯。」

「牛呢？」

「繫在宅邸後院。」

「那麼，先爲那頭牛取個名字。」

「名字？」

「是。取名爲磐島如何？」

「那是我的名字。」

「正是必須取這個名字。」晴明堅決道：「有人守在牛附近嗎？」
「沒有。我想此刻應該沒人在附近，派人守在附近比較好嗎？」
「不，我不是這個意思。沒人反倒比較好……」
「爲什麼？」
「事後我再向各位說明。」
晴明說畢，視線又移到磐島身上。
「在我下手診病之前，想先請教您幾個問題：我看到磐島大人騎的馬匹後跟著三個下人……」
「喔，那些人嗎？」
「那三人自何時起便與您同行呢……」
「那三人有問題嗎？」
「他們叫什麼名字？」
「名字？」
磐島歪著頭，無法立即說出他們的名字。
「奇怪，明明是一直跟在身旁的人，我竟然叫不出他們的名字。」
「他們是何時開始在磐島大人手底下工作呢？」
「已經很久了……」

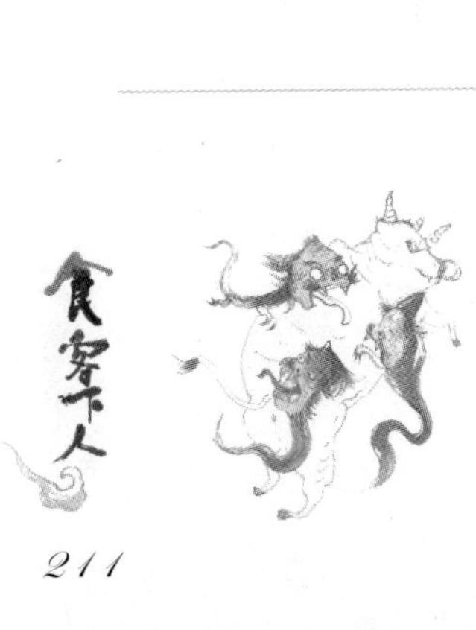

「什麼時候跟的？」

「什麼時候……」

「是不是自搭船起便一直跟在您身邊？」

「這個……」磐島依舊想不起來。

「另外還有一個牽馬銜的男人……」

「那人名叫友里，從小便在我家工作。」

「請您喚那人來這兒。」

磐島叫友里過來，晴明再度問他知不知道其他三人的名字。

然而——

「奇怪，他們到底叫什麼名字？」

友里也同樣說不出三人的名字。

晴明先讓友里退下，再說：

「那麼，叫那三人過來……」

三個下人被傳喚過來坐在庭院。

但是晴明並沒有詢問他們的名字。

「辛苦你們了。」晴明向庭院那三人說：「磐島大人帶病旅行，途中一定很辛苦吧。我已經聽磐島大人說過旅途中的種種辛苦。磐島大人說，多虧你們陪在身邊，才能勉強抵達此地。」
三人乖乖地傾聽晴明的話。
每個都是四十多歲、身材魁梧的大鬍子男人。
「爲了慰勞你們的辛苦，已經備好美酒盛饌。此刻將命人送上來，你們盡情吃喝吧。」晴明再轉向親賴道：「能不能請大人命人送上準備好的東西？」
下人在庭院鋪上毛氈，眨眼間酒和吃食便已排好。
一樽酒。
雉雞。
香魚。
乾鮑。
乾香菇。
毛氈上擺滿了各種食品。
「大人的意思是要賞賜這些東西給我們？」一名下人問。
「嗯。」晴明點頭。
「我們可以當場享用嗎……」另一個下人問。
「是的。」晴明答。
「您是說，我們可以盡情吃喝這些東西……」第三個下人說。

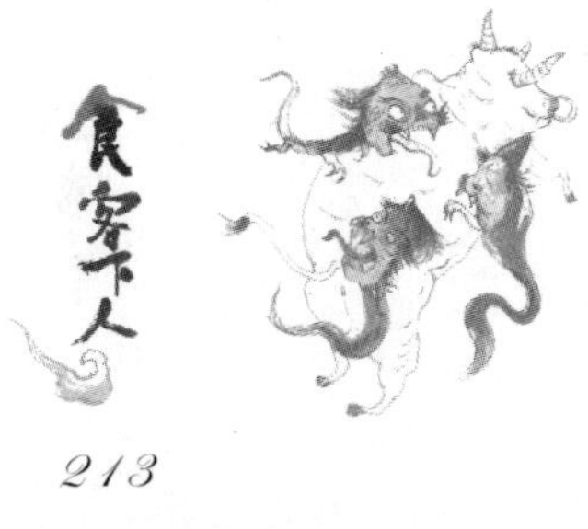

「可以。」晴明再度點頭。

剛說完，三人便同時伸手抓取食物。

是直接用手。三人直接用手抓取食物拋進口中，狼吞虎嚥起來。

也喝了酒。如此吃吃喝喝，吃著吃著，愈吃，速度愈快。

不但一口咬下雉雞頭，連骨頭也咬得咯吱作響地吞下。

「眞受不了。」

三人口中不停流出口水。

到此爲止，他們都是用長柄木勺從酒樽內舀酒喝。

「再也忍不住了。」

最後乾脆把頭塞進酒樽內大喝起來。

那光景很怪異。

博雅、親賴、磐島均啞口無言。

他們只能沉默地觀看三個下人嘖嘖有聲、只顧吃喝的樣子。

不一會兒，三人便吃盡十人份的食物，喝光一樽酒。

「你們還沒吃飽吧？」晴明問。

「嗯，還沒吃飽。」

「還很餓。」

「不吃鮮血淋漓的肉，眞的會瘋掉。」

三人各自如此說。

「那麼，給你們一頭活牛。」晴明說。

「牛？」

「是活的？」

「在哪裡？」

三人邊說邊抽抽鼻子發出叫聲。

口中流下一串口水，滴滴答答不停落地。

「在房子後面。」

晴明剛說畢，三人便「哇」地大叫拔腿就跑。

「是牛！」

「等等！」

「讓我先吃！」

眨眼間，三人即消失在宅邸後院，接著馬上傳來牛的低吼聲。

牛的低吼聲響了一陣，過一會兒便沉寂無聲。

不久，三人回到原處。每人全身都沾滿溼淋淋的牛血。

臉龐和牙齒血紅，髮絲也滴淌著鮮血。

三人的兩根犬齒各自伸長至將近兩倍。

「這下總算吃飽了。」

「嗯，因爲必須工作，我們都一直忍著。」

「好久沒吃得這麼飽。」

三人如此說。

「這、這些傢伙到底是什麼人……」親賴全身都在發抖。

「沒想到他們竟是這樣的……」磐島比剛才更面無血色。

「晴、晴明，這些人，難道不是人……」

身分應該是下人的三人聽聞這句話。

「什麼！」

「是晴明？」

「是那個安倍晴明？」

三人當下變臉。臉上明顯浮出畏怯的神情。

「怎樣？我晴明請你們吃的東西好吃嗎？」晴明問。

「你說什麼……」

「你就是那個晴明……」

「原來我們吃下的東西是晴明準備的……」

三人面面相覷。
「你們連活牛都吃了。往後沒有我允許，你們不能繼續以磐島大人爲工作目標……」晴明說。
「唔，唔。」
「晴明，你騙了我們。」
「這樣我們沒法交代。」
三人均嘟嘟囔囔。
「我會幫你們想好辯解理由。今晚你們來我家吧。」
「唔。」
「咿。」
「呀。」
「現下你們最好速速離開此地。」晴明道。
「眞不服氣，可也沒辦法。」
「我們敵不過晴明。」
「既然如此，我們就快走吧。」
三人已失去剛才的猛勁。
每個都猶如夾著尾巴的狗兒，垂頭喪氣地走出宅邸大門。

待三人失去蹤影後，晴明才開口說：

「解決了。」

「解決了？」親賴問。

「是，問題解決了。」

「那麼，磐島大人的病狀……」

博雅如此說時——

「我、我的身體和頭已經不疼了。身體也不再發燒……」磐島說。

他一臉難以置信站起身，望著自己的手腳喃喃自語：

「站著時不會再搖搖晃晃，也不再出汗。身體舒服得令人難以置信。」

「已經沒事了。」晴明若無其事地行個禮。

五

「喂，晴明，那到底是怎麼回事？」

博雅問這句話時，兩人已回到晴明宅邸，正在窄廊喝酒。

夜晚——

雨早已停了，雲層也裂開，露出閃爍著星光的黑色天空。

雲朵在飄動。

晴明和博雅在喝酒。

坐在兩人一旁斟酒的是蜜夜。

幾隻發光的螢火蟲橫穿過夜晚的庭院。

夜氣和飄動的雲朵均已在其內孕育著夏的氣息。

梅雨季已結束。

「你在問什麼事？」晴明慢條斯理地舉杯，不慌不忙地喝著酒。

「你不是沒向親賴大人和磐島大人說明任何事嗎……」博雅道。

正如博雅所說，晴明只留下一句：

「今晚還有一項工作必須完成……」

便向親賴告辭。

「等今晚的工作結束，明天我會來詳細報告事由。」

晴明只向兩位大人如此說明而已。

「你想聽說明的話，到時候問那三人就行了。」

「可是，那三人眞的會來嗎？」

「當然會來。不來的話，他們無法回去。」

「回哪裡？那三人到底要回哪裡？」

「我剛才不是說過，你直接問那三人就行了。」
「他們什麼時候來？」
「已經來了。」晴明說完，轉頭望向庭院。
果然如晴明所說，那三個下人不知何時已出現，呆呆站在庭院暗處。
而且也不知在哪裡洗過身子，身上和雙手、臉龐已經沒有血跡。
「你們來了？」晴明開口。
「是你叫我們來的。」
「我們不能就這樣回去呀。」
「晴明，你會幫我們忙嗎……」
三人嘟嘟囔囔。
「你們先報出姓名吧。」晴明道。
「我是高佐丸。」
「我是仲智丸。」
「我是津知丸。」
三人各自回答。
「你們這回沒法立刻完成工作，是因爲修多羅供錢嗎……」
「沒錯，磐島那傢伙向大安寺借了四十貫修多羅供錢。」高佐丸說。

「我們想完成工作時，持國天出現對我們這樣說……」仲智丸道。

此人請借寺院錢兩，買賣結束應可納還，故暫且免過。

磐島向大安寺借了修多羅供錢，打算在生意結束後把賺來的錢還給寺院。

倘若你們在此付諸行動，磐島便無法返鄉，也就無法還債，所以你們暫且放過他吧——

持國天說的正是此意。

「因此我們才化爲下人跟著磐島來到京城。」津知丸說。

「按理說，磐島陽壽將盡，應該死於這回旅程的歸途中。我們是來帶走磐島的……」

「差錯出在磐島借的是修多羅供錢。」

「我們打算等他返鄉還債後，當場完成工作。」

三人交替說。

「可是，我們卻粗心大意地上了你的當，喝了酒。」

「而且也吃了東西。」

「甚至吃了活牛。」

「更何況那些東西都是你準備的。」

「我們不小心吃了那個晴明準備的東西。」

「這樣一來，我們便沒法完成磐島的工作了。」

「晴明，我們眞倒楣，竟在路上碰見了你。」

「要是我們空手回地獄報告說，因爲上了晴明的當，所以無法完成工作，那我們就……」

「不知會受到閻羅王何等責罵。」

「恐怕會判打一百鐵杖。」

「晴明，我們該怎麼辦？」

「你不是說過有辦法解決問題嗎？」

「快告訴我們該怎樣解決。」

「拜託啊。」

「拜託啊。」

三人對著晴明如此說。

「難道有其他人跟磐島同名，並且同是子年生的？」

「你該不會打算叫我們帶走那男人吧？」

「晴明，你到底打算如何？」

晴明從懷中取出一張摺好的小紙片遞給津知丸。

「打開看看。」

津知丸按照晴明所說打開紙片。上面寫著「磐島」兩字。

「這是你們吃下那頭牛之前，我為牛取的名字。牛的生年干支也跟磐島大人相同。」

「喔，那麼……」

「我們可以解釋說，來到京城時不小心認錯，取走了同名之命。」

「唔，嗯。」

「這名字是我晴明取的，也是我親手寫下的。你們應該沒異議吧。」

「沒有。」

「沒有。」

「沒有。」

三人齊聲回答。

「那麼，你們快回去吧。」晴明說。

「嗯。」

「就這麼辦。」

「晴明，多謝你的款待……」

「那真的很美味。」

「我們走吧。」

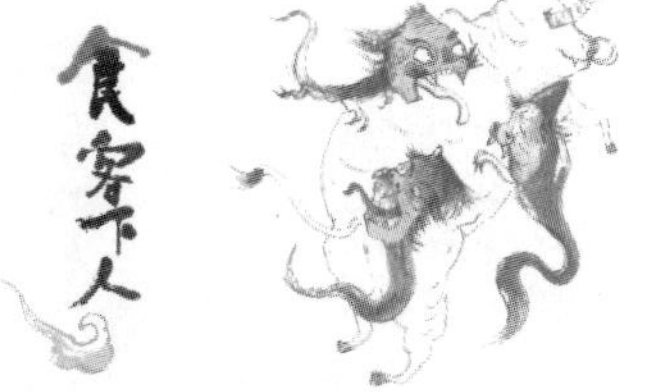

「下回再見，晴明。」

三人說畢時，高佐丸、仲智丸、津知丸已消失蹤影。

「喂，晴明，消、消失了……」

「嗯。」

「怎麼回事？」博雅問。

「表示他們已回去了。」

「回哪裡？」

「回地獄。」

「什麼？」

「那些人都是地獄鬼差。他們的工作是來帶走陽壽已盡的人。」

「他們不是說，下回再見嗎？」

「總有一天會再遇見他們……」

「總有一天？」

「因爲總有一天我們也會死。到時候，那些人會來帶走我們。這正是所有生者的命運。」

「我們也會死嗎？」

「嗯，會死。」

「你也會死嗎？晴明，你也會死嗎……」

「會死。」

「我也會死？」

「會死。」

「什麼時候死？」

「博雅，你想知道答案嗎……」

博雅一時回不出話，最後堅決地答：

「不，不想知道。」

「這樣才對。」

「嗯，這樣才對。」

「嗯。」

「晴明。」

「博雅，什麼事？」

「無論我何時會死，無論我是怎樣死的……」

「怎麼了？」

「只要想到我在這人世跟你相遇，擁有過這樣一起喝酒的夜晚，我就……」

「就怎樣？」

「就活得有意義，不枉此生了。換句話說……」
「換句話說？」
「即便總有一天會死，那也是所謂的命運吧。」
「嗯。」
「這樣就可以了。」
「嗯。」
「我此刻深深覺得，這世上有你眞好，晴明……」
「傻子……」
「傻子？」
「博雅，這種話不能隨便脫口而出……」
「爲什麼？」
「因爲我也必須有所謂的心理準備啊……」
「是嗎？」博雅浮出笑容望著晴明。
「怎麼了？博雅……」
「原來你也有令人意想不到的可愛之處。」
「別逗我，博雅。」
「我沒逗你呀。」

「不提這個，你來吹笛吧。我想聽你吹笛。」

「嗯。」

博雅點頭，自懷中取出葉二貼在脣上吹了起來。

笛聲往孕育著夏季熱氣的星空伸展。

雲在飄。

風在吹。

晴明閉上雙眼在傾聽博雅的笛聲。

魔卷小僧

一

秋蟲在鳴叫。

蟋蟀。

紡織娘。

鈴蟲。

這些昆蟲在草叢四處發出鳴聲。

夜晚——

自天而降的月光蒼白地照射著庭院。

種在庭院裡的楓樹，枝頭上的葉子應該已經染紅，在月光中卻看不清其顏色。

草叢中應該也有桔梗和龍膽，但只憑月光也分辨不出在哪裡。

此處是安倍晴明宅邸——

夜氣冰冷。

晴明坐在窄廊，支起單膝，背倚柱子在喝酒。

他右手握著還剩半杯的酒杯，有意無意停在與胸平高之處，傾耳細聽笛聲。

博雅坐在晴明面前，脣上貼著龍笛正在吹奏。

笛子是妖鬼送給博雅的葉二。

清脆笛聲溶入月光中，在庭院半空發出豔麗光芒。

笛聲本來沒有顏色也不會發光。

然而，博雅的笛聲極爲出色，才會讓人看到顏色與光。

讓人以爲，似乎可以看到原本不可能看得到的顏色以及亮光。

只要認爲看得到，顏色和亮光便存在。

而且，博雅的笛聲無論顏色、形狀、動作、亮光都在變化。

甚至連寬鬆地披在晴明身上的白狩衣，看似也染上笛聲的顏色。

博雅把葉二移離脣邊。

笛聲應該已經停止，但餘音似乎仍嬝嬝停留在大氣中。

「好出色的笛聲……」晴明吐出一口氣說：「我的心好像也染上了笛聲的顏色。不愧是博雅……」

「晴明，你說眞的？」博雅情不自禁問晴明。

「當然是眞的。」

「晴明，你誇獎我，我很高興，可是，你這樣說，我反倒覺得背上好像會癢起來……」

「你以爲我在逗你嗎？」
「想起你平日的言談，也難怪我會這樣想。」
「聽起來好像我平常老是在逗你？」
「難道沒有？」
「我現在沒在逗你。」
「你終於說了。」
「我說什麼？」
「你說現在沒在逗我，言外之意不就表示你平常都在逗我嗎？」
「沒那回事。」
「眞的？」
「博雅，再這樣說下去會沒完沒了……」晴明道。
「那有什麼關係？」
「你打算整夜都繞在這個話題上轉？」
「如果我說正打算如此做，你要怎樣？」
「那我就跟你討論有關咒的問題。」
「不行。」
「爲什麼？」

「反而會令我愈聽愈莫名其妙。」博雅邊把笛子收入懷中邊說。

他伸手舉起擱在窄廊的酒杯送到唇邊，一口氣喝光剩下的酒。

把杯子擱回原處，蜜蟲立即往杯內斟酒。

晴明微笑著觀看蜜蟲的舉動。

「任何事都會結束……」晴明低語。

「嗯。」博雅點頭。

「花和生命也一樣。」

「是啊。」

「當一件事結束，表示另一件事正開始。」

「即便今年的花謝了，明年不是還會再開嗎？庭院那棵楓樹也一樣。」

「嗯。」

「就算現在觀看的紅葉凋謝了，明年也會長出新的嫩芽，再度染上紅色。」

「正是如此，博雅。可是，偶爾也有不知道自己已經該謝了，卻仍繼續綻開的花……」

「晴明，是什麼花？」

「是誦經的花。」

「誦經？」

「嗯。」

「什麼意思？」

「中午，雞明寺遣人來過一趟。」晴明說出位於西京的某寺院名。

「雞明寺？」

「嗯。聽說，每夜都會出現。」

「出現什麼？」

「鬼。」

「鬼？」

「博雅，你先聽我說……」

晴明開始講述中午發生的事。

二

當天中午——

前來造訪晴明的人是西京雞明寺的安德和尚。

年六十八歲。

安德和尚和晴明相對而坐後，立即說：

「出現了。」

「出現？」

「是。」

「出現什麼？」晴明問。

「鬼。」安德以大陸國家用詞回答。

鬼，亦即幽靈。唐朝人稱呼死者靈魂爲「鬼」。

「鬼出現在哪裡？」

「觀音堂。」

「觀音堂是前些日子剛竣工的那座……」

「是。」安德點頭。

一個月前，雞明寺才在經堂西邊建了一座觀音堂。

是爲了安置佛像工匠雕刻的主祀千手觀音像而建立。

晴明也聽說過此風聲。

「是什麼樣的鬼？」

「是個會誦經的鬼。」

「是嗎？」

「我先說明事情。」

安德和尚講述起事情的來龍去脈。

三

事情是如此。

那天夜晚——

眾人將千手觀音菩薩安置在觀音堂，大致結束了一切法事。

夜晚負責巡視寺院的和尚名叫明珍。

按雞明寺的規矩，在眾人入睡前，必須由一個值勤和尚舉著蠟燭巡視寺內一圈。

那天晚上，輪值者正是明珍。

他巡視了正殿、居室、經閣後，走向剛竣工不久的觀音堂。

觀音堂是獨立建築，要先到室外才能前往。

明珍舉著燈火挨近觀音堂，聽到不知自何處傳來的聲音。

爾時無盡意菩薩

即從座起

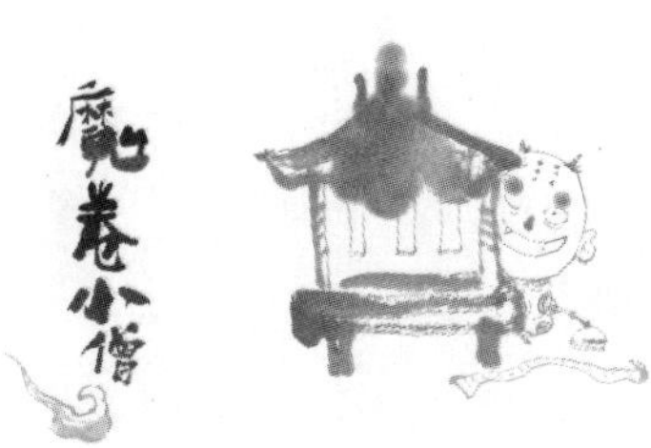

偏袒右肩
合掌向佛
而作是言

原來是有人在誦經。

傾耳靜聽之下，對方誦的是〈觀音經〉。

意思是：「那時，無盡意菩薩即從座位站起，袒露出右肩，合掌向佛陀請問，說出如下的話。」

這是《法華經》第二十五品——〈妙法蓮華經觀世音菩薩普門品〉，通稱〈觀音經〉。

世尊
觀世音菩薩
以何因緣
名觀世音

誦經聲依然持續。是明珍沒聽過的聲音。

「奇怪……」

在這種時刻，到底是誰，又在哪裡念誦〈觀音經〉？

聽起來似乎傳自明珍正打算前往的觀音堂。

明珍舉高燈火挨近觀音堂。

那聲音果然傳自觀音堂。

是年輕人的聲音。

「寺院裡有嗓音那麼年輕的和尚嗎……」

明珍跨上觀音堂，推開門扉。

百千萬億眾生

受諸苦惱

聲音大了起來。有人在黑暗中誦經。

「是誰？」明珍問。

沒人回答。

聞是觀世音菩薩

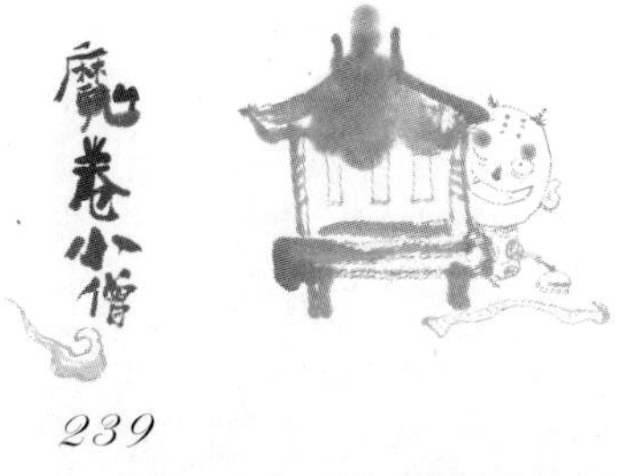

一心稱名

只傳來誦經聲。

「有人在那兒嗎？」明珍前進著舉高燈火，照亮裡邊。

結果發現千手觀音菩薩像前，有個朦朧人影坐在地上。

「是誰？你在做什麼？」明珍大聲呼喊。

對方不可能聽不見。然而，依舊沒有回應。

仔細觀看那人的背影，果然如聲音一樣，是個年少和尚。

年約十三、四歲。

明珍覺得有點恐怖。問對方：

「喂，你叫什麼名字？」

可是，依舊沒有回應。

威神力故

若為大水所漂

小和尚只是繼續念誦經文。

「這小子，難道是陰魂？」

明珍想到此，突然害怕起來，飛奔似地衝出觀音堂逃走。

第二天早上，他問其他和尚：

「昨晚有個小和尚在觀音堂誦經，你知道是誰嗎？」

「不知道。」

「不知道。」

所有和尚都搖頭否認。無論問誰，大家都說昨晚沒有人離開正殿。

「你大概是做夢了吧。」有人這樣說。

可是，不多久便立即明白明珍不是在做夢。

因爲翌夜値勤的和尚也遭遇了同樣的事。

他跟前晚一樣，來到經堂附近時聽到有人在念誦〈觀音經〉。

搜尋聲音來源處，發現聲音傳自觀音堂。

進入觀音堂後，又發現一個小和尚在誦經。

「是誰？」和尚問，對方卻沒回應。

因此那和尚也害怕得逃回來。

「有人進入觀音堂嗎？」

他問其他和尚，結果跟昨夜一樣，沒有人進入觀音堂。

這事每晚都持續發生。

最後眾人進行了試驗，在天黑前先確認觀音堂內沒有任何人。

然後讓三個和尚站在入口，徹夜守候。

他們認爲或許是外人偷偷潛進觀音堂。

可是，結果證實並非如此。

守夜和尚明知無人進入觀音堂，但一到夜晚，觀音堂內仍會傳出念誦〈觀音經〉的聲音。

進入觀音堂查看，果然發現有個小和尚坐在千手觀音像前唸經。

和尚戰戰兢兢地自背後伸手觸摸小和尚，卻無法摸到小和尚的身體，伸出的手直接穿透過去。

小和尚不是這世上的人。

那以後，便不再有人敢在夜晚進入觀音堂。

不過，值勤和尚依舊每晚都會聽到誦經聲。

有時會在深夜聽到。

總括眾和尚的證言後，明白了兩件事。

一是小和尚從來沒有誦畢〈觀音經〉。

正等無異
於百千萬億劫
不可窮盡
無盡意

小和尚持續念誦著〈觀音經〉，結尾應該是：

眾中八萬四千眾生
皆發無等等
阿耨多羅三藐三菩提心

經文到此結束。可是小和尚誦畢最後這段經文後仍不停止誦經聲。他誦畢最後一段，會再度從頭誦起：

爾時無盡意菩薩
即從座起

小和尚再三反覆地念誦〈觀音經〉，始終不結束。

而且據說此事已持續了一個月。

四

「所以，博雅，束手無策的安德大人就找到我這兒來了……」晴明說。

「可是，晴明，發生那件怪事的地方不是寺院嗎？他們應該有對付陰魂的御修法[1]或降妖伏鬼之法才對呀……」博雅一臉想不通地問。

「聽說他們進行過所有方法。大概仍是不行，才會來找我吧。」

「晴明，你是不是有點幸災樂禍……」

「我？」

「嘴角在笑。」

「這是天然的，我沒有在笑。」

「是嗎？」

「不過，我有點疑惑。」

「疑惑什麼？」

「安德大人很可能隱瞞著什麼事。」

1 此指祈禱加持的法會。

「什麼事？」

「目前還不知道。」

「對了，有關那座觀音堂，十年前雞明寺失火時不是曾經燒燬過？」

「是的，博雅。」

「說起來，只要建築年數達十年、二十年或百年的宅邸和寺院，裡面可能會住些陰魂或妖物，但是剛竣工不久的觀音堂會出現陰魂，這不是很奇怪？」

「所以我剛才說，安德大人大概對我隱瞞著什麼事沒說……」

「唔。」

「總之，去了就知道答案吧。」

「你要去？」

「今晚去。」

「今晚？」

「我向安德大人說，你也跟我一起去。」

「你眞會安排。」

「安德大人說務必在今晚來。我就對他說，今晚源博雅大人會光臨，倘若不介意我跟博雅大人一起前去，今晚我們會去造訪。」

「然後呢……」

「就是我跟你一起去也可以。博雅，怎樣？要不要去……」

「唔，嗯。」

「走。」

「走。」

事情就這樣決定了。

五

確實可以聽到聲音。

月光中傳來念誦〈觀音經〉的聲音。

「正、正是那個聲音。」安德壓低嗓子說。

無盡意

若有人受持

六十二億

恆河沙菩薩名字

不是成人的聲音。就算說是孩子、女人的聲音也說得過去。

「果然沒錯……」晴明傾耳聽著聲音點頭。

「確實是……」博雅也面露緊張地說。

「該、該怎麼辦？」明珍望著晴明。

安德、明珍以及晴明、博雅，四人站在經堂西邊。

對面不遠處便是剛建成的觀音堂。

觀音堂在月光中，看上去宛如用深藍色的墨畫成的黑影。

明珍手持蠟燭。他在自己手持的蠟燭亮光中一副忐忑不安的模樣。

「先進去看看……」晴明道。

「您、您說要進去？」安德問。

「是。」

晴明脣邊浮出那個無以形容、類似笑容的表情。

「不進去看就不知道到底是怎麼回事。詳細內情事後再說。」

晴明的視線移開觀音堂，回頭問明珍：

「抱歉，能不能借一下你的燈火？」

「是，是，當然可以。」明珍遞出手中的蠟燭。

晴明伸手接過蠟燭。

「您、您單獨一人進去？」

「是。」

晴明頷首，正準備跨步時，博雅開口叫住他：

「等等，晴明……我也去。」

你也要去？

晴明差點脫口這樣問，接著馬上換個稱呼：「博雅大人也要進去嗎？」

如果只有兩人獨處時，晴明會直呼博雅的名字或以「你」代稱，但是有第三者在旁時便不能如此稱呼。

因爲博雅的官位比晴明高。

「反正我都來到現場，讓我看看那位誦經人到底長得什麼樣子，也不礙事吧。」

說這話時，博雅已經站到晴明身邊。

「明珍大人和其他人看到聲音主人時都沒事，就算我看到了，應該也會沒事。何況今晚我跟晴明大人一起，怎麼可能會有危險……」

博雅說得頭頭是道。

「晴明大人，我們進去吧。」博雅催促晴明。

「走吧。」

手持蠟燭的晴明先跨開腳步，博雅跟在身後。
安德和明珍則留在月光中。
即便沒有燭光，因有月光，外面還算明亮。
晴明和博雅隨著燭光一起登上觀音堂。
亮光和兩人的身姿消失在觀音堂內。

六

觀音堂內漆黑如墨。
假若沒有燭光，恐怕寸步難行。
黑暗中傳來誦經聲。

十方諸國土
無剎不現身
種種諸惡趣

「晴明，在那邊。」博雅在晴明身後開口。

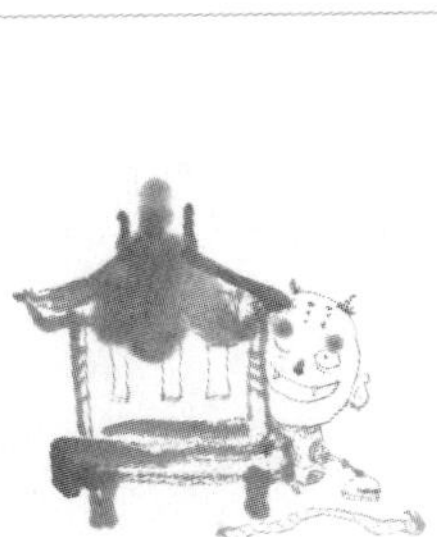

「我知道。」晴明邊點頭邊繼續前行。

地獄鬼畜生
生老病死苦

對方仍在誦經。

結果——

黑暗中果然出現一個看似人影的朦朧東西。

有人坐在千手觀音菩薩像前的地板上。

挨近仔細一看——

「這不是個孩子嗎？」博雅在晴明耳邊低聲問。

「嗯。」

看上去大約十三、四歲。

一身和尚打扮的孩子，面前攤開看似卷軸的東西，正在讀著內容。

念彼觀音力
眾怨悉退散

妙音觀世音

他以稚氣未脫的聲音勉強學著大人那般，正在大聲吟誦〈觀音經〉。

那聲音與其說是恐怖，不如說是可愛來得恰當。

「你叫什麼名字？」晴明問，但小和尚沒回應。

只是繼續專心誦經。

「你聽不見嗎？」

博雅如此說時，小和尚的聲音驟然產生變化。

普門示現

神通力者

當……知……是人……

功德……

聲音變得斷斷續續，同時小和尚也開始扭著身子。

佛說……是……

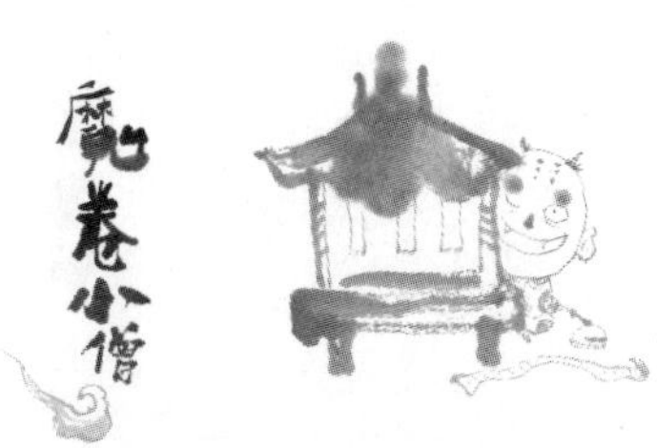

小和尚誦到此，發出「唉呀」叫聲。

「熱，熱啊，熱啊……」

他激烈掙扎，並大喊：

「師父，我好熱啊！」

小和尚雖然扭動身子掙扎，仍然沒放棄誦經。

眾……中……八方……四千眾生……

接著，小和尚的身體突然發出亮光燃燒起來。

他看上去很痛苦。最後終於發不出聲音——

「喂，喂，晴明！」

博雅發出叫聲時，小和尚已失去蹤影。

「不見了，晴明，他消失了……」

舉高蠟燭仔細觀看，也只看得見嶄新的地板，沒發現任何燒焦或火焰燃燒的痕跡。

「晴、晴明……」

「看來……」晴明高舉蠟燭喃喃自語：「我必須仔細向安德大人請教一番

了……」

七

晴明、博雅和安德、明珍在點著燈火的住持房中相對而坐。

「我早就料到您可能會察覺眞相。」安德說。

「是誰把那卷經文弄成那樣？」晴明問。

「是我。」明珍行了個禮。

「那是個性情溫和的孩子……」安德深深嘆口氣說。

「喂，晴明，他們兩人在說什麼？」博雅問。

「博雅大人，您只要繼續聽下去，便可以明白……」晴明道。

博雅微微鼓起臉頰噤聲。

「那麼，兩位是一開始就知道他是誰了？」晴明問。

「是。」明珍點頭。

「他是本寺於十三年前收養的孩子，名叫眞念……」安德說：「現在寺院內已經罕得有人記得他的事，而記得的人也故意守口如瓶，不向不知道的人提起任何一字。」

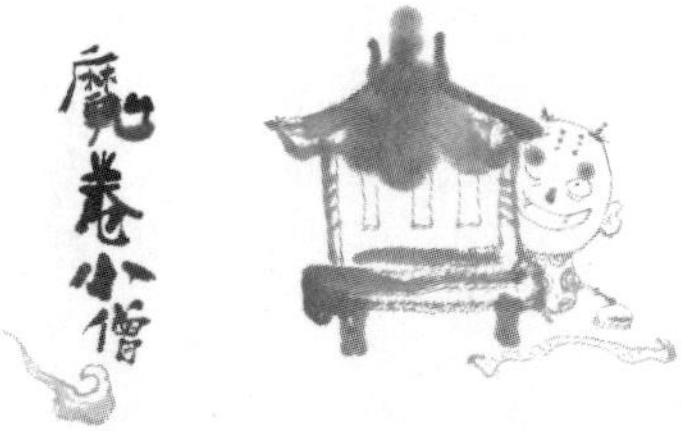

「爲什麼也對我隱瞞此事呢？」晴明問。

「因爲會令我們蒙羞。我們本以爲即使晴明大人不知此事，也能設法幫那孩子的忙，都怪我們的想法太淺薄。」安德帶著奇妙的表情老實說。

接著他痛苦地微微搖頭，咬著牙齒。

「噢，眞念，原諒我吧……」

安德眼裡泛起淚水。

「他眞的是個性情溫和的孩子。也很喜歡我，成天叫著師父、師父……」

「您能說來聽聽嗎？」

「是，我會全部說出……」

安德開始講述事情的來龍去脈。

八

眞念是個既聰明又體貼的孩子。

十歲時，被送到雞明寺。

因爲全家人死於時疫，鄰近村人便把他送到寺院。

安德爲他取名爲眞念。

眞念不但能迅速辦完寺院雜事，也很喜歡模仿安德的成人聲音誦經。

「只是，他是個耳背的孩子……」

眞念雖然挽回一條命，卻也罹病了。是會發高燒的病。

大概是因高燒而燒壞了耳朵。

如果不在眞念的耳邊大聲說話，他會聽不到。

連誦經給他聽時，也必須在他耳邊大聲朗誦。

「我就忍辱說出吧，雞明寺每年有一、兩次會從村中傳喚女人，並讓那兒送般若湯[2]來，大家盡興玩玩……」

這時，安德會先哄眞念睡覺。

但是十年前那天夜晚，眞念遲遲不入睡。

「之前我就知道眞念很想誦經，所以給了他一卷〈觀音經〉，讓他在當時的觀音堂內誦經。」

眞念那時已讀得懂經文。

「要全部誦畢才能出來……」

安德對眞念如此說，讓他進入觀音堂。

「謝謝師父。眞念眞的很高興，很想早日把這卷〈觀音經〉背誦得像師父那樣……」

---

2 酒的佛教黑話。

眞念在觀音堂內開始念誦〈觀音經〉。

然而，眞念是個聰明的孩子。或許他會很快就念完整卷經文，在宴會正進入高潮時回來。

「所以我在經卷上耍了點花招……」明珍說。

無論再怎麼讀也讀不完的經卷——

「眞念是我們害死的。我們應當都墮入畜生道。他既然化爲陰魂出現，按理說應該向我們復仇才對，可是他只是拚命誦經，每次聽到他那誦經的聲音，就會提醒我們自己做了多麼可怖的事啊……」

安德雙眼簌簌掉落眼淚。

眾和尚喝醉酒，踢倒了點著燈火的盤子，卻沒人察覺，火焰燃燒起來，連正殿也燒了。

雖然撲滅了正殿的火，但不知何時火花飛到半空，波及觀音堂。

安德大聲呼喚眞念，但叫聲傳不到眞念耳內。

火焰中傳出眞念的誦經聲。

「最後，眞念被燒死在觀音堂內。」

安德抹去眼淚。

「這回寺院久違十年重建了觀音堂，是爲了超度眞念。可是，那孩子化爲

陰魂出現在觀音堂內，到現在仍在朗誦那卷永遠也讀不完的〈觀音經〉。那孩子的性情實在令人可悲……」

安德放聲大哭。

九

「晴明，那孩子眞是悽慘呀……」博雅在窄廊上邊喝酒邊說。

「嗯。」晴明把酒杯送到脣邊，一面點頭。

庭院中，已經染紅的楓葉紛紛離開枝頭飄落。

昨晚，晴明和博雅再度前往雞明寺解決了問題。

兩人從雞明寺回來後就開始喝酒。

「可是，晴明，你一開始便看破了經卷的事嗎？」博雅問。

「嗯，看到時就明白了……」

眞念朗誦的那卷軸，開頭處和結尾處連在一起，無論念多久也永遠念不完。

昨晚，晴明手中握著一把出鞘小刀挨近眞念，切斷開頭與結尾相連的地方，讓經文分離開來。

佛說是普門品時
眾中八萬四千眾生
皆發無等等
阿耨多羅三藐三菩提心

佛陀講說如是普門品時，在座大眾中計有八萬四千眾生，一一都發起無可與之同等的無上正等正覺之心。

眞念誦到此，浮出笑容。

「師父，師父！」他站起身大叫：「我念完了，我念完了！」

眞念喜不自勝地如此大叫。

叫完後，他臉上掛著笑容望向晴明和博雅。

接著，消失蹤影。

「晴明，那時的眞念，看上去眞的很高興的樣子……」博雅說。

「嗯。」晴明點頭，將酒杯貼在脣上，含了一口酒。

庭院的楓葉不停紛紛飄落。

淨藏戀始末

一

好容易才忘卻
恨鶯啼憶舊情

晴明出聲唸出這首和歌，源博雅說：「眞稀罕。」

兩人在喝酒。

地點是晴明宅邸窄廊。

晴明如常身穿白狩衣，背倚柱子。

細長右手指端著杯中物只剩一半的酒杯。

喝乾半杯酒後，晴明把酒杯移開脣邊，凌空舉著，之後低聲唸出這首和歌。

「晴明，原來你偶爾也會作和歌。」

「我作和歌嗎……」

晴明微笑著以鳳眼眼角瞄了博雅一眼。

他的臉龐朝向庭院，只轉動望著庭院的眸子，瞄了博雅一眼。

庭院的白梅已經綻開。

微微吹來的風中可以聞到那股甘美花香。

有時因風勢強弱變化，令梅香在瞬間中斷，繼而又飄過來。

繁縷、野甘草、山蒜……

庭院四處開始冒出新綠嫩芽。

「想要忘掉意中人，應該很難吧。」博雅喃喃自語。

「你明白這首和歌的意思？」

「當然明白。」博雅說畢，將手中的酒杯擱在窄廊上。

坐在一旁的蜜夜舉起瓶子往酒杯內斟酒。

「意思是好不容易才忘掉那人，但聽著黃鶯啼叫卻又想起那人吧？」

「大致是這個意思……」

「怎麼？晴明，你這話好像另有含意？」

「不是，博雅，我不是說你解釋錯了。」

「晴明，你明明就是這個意思。你那樣說，不就表示我解釋錯了嗎？」

「我不是那個意思。」晴明苦笑。

「晴明，你那樣笑不也有點壞心眼嗎？你乾脆老實說出心中想法好不好？」

「不，我是覺得黃鶯那句……」

「黃鶯怎麼了？」

「你認爲是什麼意思？」

「這還有什麼意思？黃鶯不就是黃鶯嗎？難道還有其他意思？」

「事實上這首和歌指的應該是春季吧，黃鶯大概也眞的在啼叫。只是，和歌裡的『鶯啼』指的不是眞正的黃鶯啼聲。」

「什麼？」

「是暗指意中人的聲音。大概指的是信件吧。雖然也可以解釋爲有關那人的風聲，不過在這裡應該解釋爲信件。」

「喂，晴明。」

「幹嘛？」

「你是不是在害羞？」

「害羞？」

「你根本不用害羞，有意中人是件喜事，我也很高興你曾經有過那種戀愛心情……」

「等等，博雅。」

「不等。有過戀情又怎樣呢？要是自己作的和歌，當然可以把黃鶯啼聲解釋成什麼風聲或信件之類的，可對觀賞和歌的讀者來說，他們怎麼知道黃鶯就是暗示信件？」

「不是，博雅，這不是我作的和歌。」
「啊？」
博雅本來想把自窄廊上拿的酒杯舉起，卻在途中頓住。
「那到底是誰作的和歌？」
「是淨藏大人。」
「淨藏大人……」
「嗯。」晴明點頭。
淨藏——三善清行之子。
將門之亂那時，淨藏在比叡山修行密教降伏之法。
去年將門復甦打算對京城作祟時，他也跟晴明聯手擊退了將門。
目前應該身在東山雲居寺。
「沒想到淨藏大人竟作了這種和歌……」
「作了。」
和歌的意思是：
歷經種種艱苦修行，好不容易才剛忘卻對妳的愛慕之情，不料收到妳的信件後又死灰復燃。
「唉……」

難怪博雅會深深嘆氣。

淨藏這人，不但是高僧，也是位具有各種奇特德譽的人物。

「淨藏大人今年不是高齡七十一了？」

「嗯。」

「唉呀唉呀，不過，感情這事確實很難講。雖然令人驚訝，卻又令人高興。這事不壞。」

「可是，博雅，這和歌確實是淨藏大人作的，但不是在今年春天作的。」

「那到底是哪時？」

「應該是四十年前吧。」晴明說道。

「什麼……」博雅突然全身無力，「原來你說的是往昔的戀情啊？」

「不，博雅，好像也不是這樣。」

「啊？你剛才不是說那是四十年前作的和歌嗎？」

「的確是四十年前作的，不過，或許那段戀情仍……」

「仍怎樣？」

「我的意思是，那段戀情也許還未結束……」

「那眞是太……」

博雅一臉不勝感慨之情在此頓住，又接著問：

「對方到底是什麼樣的人？」

「你乾脆自己去問他本人不就好了……」

「問本人？」

「他不久會來這裡。」

「什麼？」

「兩天前，我收到淨藏大人的信，信中說要過來一趟。」

「唔。」

「信中也寫著那首和歌，他問我能不能助和歌中的女子一臂之力。」

「這樣好嗎？」

「什麼好不好？」

「我是說，我人在這裡好不好？這應該是私下商討的事吧？」

「沒問題，他知道你會在。我事前已告訴他，他來那天源博雅大人也會在場。既然他明知你在這裡仍要來，不是表示沒問題嗎……」

晴明還未說畢，蜜蟲即自窄廊彼端拐角出現。

蜜蟲挨近後坐在窄廊上說：

「淨藏大人剛才蒞臨了。」

「請他來這裡。」晴明說。

蜜蟲垂臉點頭說聲「是」，又從窄廊走開消失於彼端。

不久，蜜蟲再度回來。身邊跟著淨藏。

二

淨藏以看不出是七十一歲高齡的矍鑠步伐走來，在窄廊坐下。

他面向庭院，落坐於相對而坐的晴明與博雅之間後退兩步之處。

蜜夜擱下新酒杯，在酒杯內斟酒。

酒杯內斟滿酒後，淨藏舉杯送至自己唇邊自言自語道：

「好久沒喝酒了。」

接著噘起嘴唇津津有味地吸吮酒，喝進胃內。

待那酒滲入體內，再吐出一口氣，同時低語：

「甘露……」

之後把空酒杯擱在窄廊。蜜夜打算往酒杯內斟酒時，淨藏低語：

「不用，夠了。」

淨藏那張滿布深濃皺紋的臉龐微微泛紅。

「醉了……」

他那表情確實像是喝醉了。

不過一小杯的酒，淨藏喝下後似乎立即在他體內循環。

坐在眼前的這人無疑是位七十一歲的老人，但那模樣卻宛如一個天真無邪的幼兒。

「很美的庭院。」淨藏望著庭院道。

不僅繁縷，庭院四處還可見到冒芽的薺菜和寶蓋草。

自屋簷斜射下來的陽光已抵達淨藏的膝蓋前方。

「晴明，你看過我給你的信吧？」淨藏改用一本正經的口吻問。

「是。倘若有我能效勞之處，請儘管提出……」

「哎，這事說來很丟臉。明明是我惹出的，卻必須拜託你善後。」

淨藏浮出羞愧般的笑容繼續說：

「可是，晴明，我覺得這類事還是全權交給你這樣的人處理最好……」

說畢，他望向庭院。

午後陽光中飄蕩著梅香。

「這應該是四十年前的事。當時此事也隱約傳出風聲，或許你多少有所耳聞。」

「是。」

晴明點頭，淨藏接著說：

「博雅大人，您大概會覺得無聊，就當我在述說往事，姑且聽之可好？」

「那是當然的。」博雅低頭行個禮。

淨藏無言點頭，交互望著晴明和博雅說：

「以前曾發生過這種事……」

之後淨藏開始述說起那段往事。

三

四十年前——

當時淨藏才三十出頭——

有位名為平中興的人，乃近江國守[1]。

家境很富裕，膝下有好幾個孩子，其中有個女兒。

那女兒花容月貌，頭髮很長，舉止溫柔，也有才華。

中興和妻子非常疼愛這女兒，有不少身分高貴的男子來夜訪，但父親中興不允許女兒接受。

中興打算將來送女兒進宮伺候皇上。

1 滋賀縣長官。

然而此女直至二十歲始終沒有機會進宮。

這時發生怪事，某妖物附在女兒身上。

此女被妖物附身而臥病在床，躺了好幾天一直無法起身。

「這大概是某種作祟吧。」

中興遣人到處搜尋會持咒禳病的法師，請他們來祈禱唸咒，卻完全無效。

「叡山有位名爲淨藏大人的高僧。」中興家下人如此說。

淨藏當時雖然才三十出頭，卻早已赫赫有名。

近江守中興馬上遣人前往叡山，厚禮拜託淨藏，淨藏也答應動身。

來到近江國後，淨藏隔著垂簾爲女子持咒。

結果立即袚除了附身妖物，妖物離去，眨眼間女子便恢復健康。

淨藏打算返回叡山，卻被中興挽留。

「請大人務必在我家住下，繼續爲我女兒持咒幾天。」

淨藏接受對方懇求，留了下來，在中興宅邸住了幾天，爲女子進行加持。

某天，偶然風動，捲起垂簾，淨藏看到女子的容貌與身姿。

淨藏內心立即興起戀慕之情。

那情感之強烈，連像淨藏這樣的高僧，都無法專心把經唸好。

如此繼續下去的話，淨藏不知自己到底會做出什麼事。

他只能返回叡山。

然而——

當他打算回叡山時，中興又挽留他。

基於戀慕之情，又有人挽留，淨藏也就情不自禁地繼續留下。

這段戀情令淨藏食不下咽，逐日消瘦。

當中興家下人開始紛紛懷疑，這回可能輪到淨藏被附身時，該發生的事終於發生了。

感情如此深濃，女子當然不可能毫無知覺。

「淨藏大人……」女子在垂簾後開口：「您怎麼了？」

這天剛好中興外出不在邸內。

聽到溫柔的問候聲，淨藏再也無法忍耐。

他掀開垂簾進入房內，一把摟住女子說：

「有鬼附在我體內……」

淨藏在女子耳中注入烈火般的話語。

女子沒有抵抗。

「我體內也有鬼……」

她也摟住淨藏。

兩人有了夫妻之實。

中興及其他人立即察覺此事。

「你眞是個不知恥的和尙。本以爲你是位大德，原來不是。我上當了。」

中興如此臭罵淨藏。淨藏無話可說。

「我不能再待下去了。」

淨藏告別中興宅邸。他雖離開宅邸，但也沒臉回叡山。

於是幽居在鞍馬山。

他遠離村莊結廬，每天在瀑布下修行，誦經不輟。

然而，他依然無法忘卻那女子。

整天心不在焉，腦中浮出的盡是——女子的臉龐、聲音、柔軟的肢體、溫暖的肌膚溫度。

一年——

兩年——

三年過了，淨藏也收了弟子，但仍忘不了女子身影。

某天，早上醒來時，他發現枕邊擱著一封信。

「這是誰擱的？」

淨藏問弟子，弟子們卻說不知道。

打開信件一看，正是那女子送來的。

「這封信來自我暗暗心念的那人。」

信上只有一首女子親筆寫的和歌。

入黑鞍馬山之人

尋尋覓覓歸來乎

意思是：

進入鞍馬山中的人兒啊，無論路途再如何黑暗，請你順著來時路回到我身邊吧。

到底是誰把信送到這兒？

當然不可能是女子親自送來的。

淨藏當下心亂如麻。

他雖然佯裝若無其事，但徒具其形的袈裟正如遇上暴風雨的樹葉，已飛往天空。

淨藏手足無措得令人同情。

「目前暫且不管這事，還是專心修行吧。」

他埋頭勤奮苦行，打算忘掉女子的事，卻無法做到。

半夜——

淨藏一路奔下鞍馬山，前往女子宅邸，遣人去通告自己來訪之事。

女子避人眼目迎淨藏入宅邸，再度結爲露水夫妻。

雖然淨藏當晚便回到鞍馬山，思念女子的感情卻有增無減。

全身都快要支離破碎。

他送一首和歌給女子：

好容易才忘卻
恨鶯啼憶舊情

女子也送來一首返歌：

莫非君已忘懷乎
鶯啼回首心惆焉

意思是：

難道你已完全忘掉我了？聽到鶯啼才想起我，令人感到可悲——

淨藏又回了一首返歌：

　　為汝更被愁牽引

　　何以怨吾不繫戀

我爲了妳而玩忽修行，爲何妳卻片面責備我說已忘了妳——

淨藏將自己的感情貫注在和歌中傳達給女子。

兩人如此藉著和歌魚雁不絕，不料這事又被中興和眾人察覺，中興最後終於把女兒遷移至別處，沒人知道那女子到底住在哪裡。

四

「這是四十年前的事了……」淨藏說完後喃喃自語。

梅香飄來。

淨藏以一種無以形容的表情靜靜微笑著。

「兩次，結爲夫妻……」淨藏望著梅花說：「我這一生有過男女關係的女

子就那女子一人，從沒跟其他女子……」

淨藏感慨良深地吸氣、呼氣。

「可是，淨藏大人，沒想到您竟會作出那種和歌……」晴明微笑道。

「別調侃我了，晴明……」

不知是不是喝酒之故，淨藏的臉頰仍隱約泛紅。

「那事令我深深體會，原來鬼也會棲息在我體內……」淨藏自言自語般低聲說。

「那麼，我該做什麼……」晴明問。

「問題正是這點，晴明……」淨藏將視線自庭院移向晴明，小聲說：「我現在知道那女子住在哪裡了。」

「喔……」

「有人來通知我，是當時在中興大人邸內當僕從的人，也是幫我送信給女子的人……」

「眞的？」

「他說那女子目前在西京某處結廬，住在那兒……」

淨藏在此頓住話，反覆呼吸了幾次，繼續說：

「但是那女子生病了，隨時有性命之憂……」

「什麼？」
「而且聽說那女子希望在臨死前見我一面……」
「既然如此，您親自去一趟不是很好？」
「可是，我不能這樣做。」
「爲什麼？」
「她說，很想見我，又不想見我……」
「是那位女子這樣說的？」
「嗯。」
「我明白了。」
臨死前想見淨藏一面，但又不想見。
她在害怕與淨藏重逢。
她向那僕從說，雖然很想見淨藏一面，只是千萬不能對任何人說出她的這份心情。
父親中興和母親都早已不在人世。
只有往昔一位僕從在照顧女子。
將自己內心的感情傳達給淨藏，又有何用？
淨藏或許早已忘卻自己的事。萬一他想不起自己是誰，不是令人更難受

嗎？

即使記得，對方如今已是名滿天下的高僧。

不可能特地來見自己。

倘若他願意來看自己，又能怎樣呢？

自己已經失去青春年華。現在六十有餘。

老態龍鍾，白髮蒼蒼，滿面皺紋，再也尋不著往昔的容貌。

美貌早已在很久很久以前逝去。

淨藏若看到現今的自己，會有什麼感想呢？

眞不想讓他看到現今的自己。

如果淨藏還記得自己，很想讓他一直記得當年自己美貌的樣子。

要讓淨藏看到現在這般既老又醜的自己，是一件很恐怖的事。

雖然很想見淨藏，但不能告訴淨藏這事。

千萬不要告訴他。

據說女子如此說。

「唉，我眞是……」

晴明，我眞是不知道該怎麼辦才好——淨藏嘆了一口氣說。

「淨藏大人，您現在是否仍愛慕著那女子？」

「嗯。」
「既然如此，那您就去一趟不是很好嗎……」
「可是，晴明……」
「什麼事？」
「我也很害怕。」
「害怕？」
「如果看到那女子，我不知道自己會怎樣，不知道會……」
「……」
「誠如那女子說的，萬一我看到現在的她，長年來的愛慕之情因此而熄滅……」
高僧淨藏不知該如何整理自己的感情，猶如幼兒般侷促不安。
「那麼，淨藏大人打算要我晴明做什麼……」
「我想拜託你偷偷到西京一趟，看看她的模樣。」
「不行。」晴明堅決地說：「我辦不到。」
「可是，晴明，剛才你不是說過什麼都願意做……」
一直默不作聲的博雅插嘴對晴明說。
「博雅大人，這是淨藏大人內心的問題。無論我在西京看到什麼，事後又

怎麼轉告淨藏大人，也無法解消淨藏大人的猶豫。」
晴明故意對著博雅說。當然是說給淨藏聽。
「啊，晴明，事情一旦臨到我頭上，連我自己也沒法子呀。」淨藏道。
「那麼，淨藏大人，我能不能請教你幾個問題？」
「嗯。」
「等請教過這些問題後，請容我晴明僭越，爲你們安排此事。」
「嗯，嗯。」
「到時候，無論發生任何事，請您全聽我的吩咐，這樣可以嗎？」
「可以。晴明，我很信賴你，你這樣說時通常不會出問題。」淨藏答。
「那我就開始請教。」
「儘管問。」
「淨藏大人是不是還隱瞞著什麼事？」
「什、什麼意思？」
「是關於那女子的事。您是不是以前就遣人查過，早已知道那人現在住在西京……」
「唔……」
「是不是？」

「是，是的。」淨藏死心點頭。
「那麼，我再問一下黃鶯的事。」
「黃鶯怎麼了？」
「淨藏大人在鞍馬山作那首和歌時，黃鶯是眞的啼叫了，還是沒有啼叫？」
「黃鶯？」
「是。」
「這個……」淨藏歪著頭。
不是黃鶯也可以。
是蟲或鹿都可以，即便其實沒啼叫，但在和歌中往往會歌詠成已經啼叫了。
「淨藏大人，這問題的答案其實大家早已心知肚明，只是您還未察覺此事而已……」
「什麼意思？」
「我們動身吧。」晴明站起身。
「去哪裡？」
「西京……去那位女子的住所。」
「什、什麼……」

「淨藏大人剛才已說過凡事都聽我吩咐，我們走吧。」

晴明以不容分說的口吻催促淨藏。

「唔，唔唔。」淨藏邊呻吟邊站起身。

「博雅大人，走吧。」

「晴明，我，我也一起去？」

「你想去嗎？」

「去。」

「那就走吧。」

事情就這樣決定了。

五

兩輛牛車順著西京方向前進。

淨藏知道那女子住在哪裡。

他搭前面那輛牛車，晴明和博雅則坐在後面那輛牛車。

牛車咕咚、咕咚地前進。

「可是，晴明，我還是不明白……」博雅道。

「博雅，你不明白什麼？」

「你不是說過你不願意幫這個忙？爲什麼又突然想去？」

「因爲我猜出黃鶯到底有沒有啼叫了。」

「黃鶯？」

「嗯。」

「你在說什麼？我完全聽不懂。」

「待會兒你就知道。」

「可是，不會發生問題嗎？」

「發生什麼問題？」

「對方高齡六十，而且又在生病。再說兩人在四十年前分手後，至今爲止都沒見過一次面吧？」

「嗯。」

「萬一見面了，你認爲淨藏大人看到容貌全變的那人時會怎樣呢？就算到時候淨藏大人說了再多的溫柔話語，那人一定也會察覺淨藏大人的眞心吧？」

「大概吧。」

「這樣好嗎？」博雅不安地問。

「去了就知道。」

晴明簡短回答，之後便緘口保持沉默。
四周只有牛車前進時的咕咚、咕咚響聲。

六

那是間簡陋房舍。
有籬笆等於沒有，屋頂長出雜草，是間看上去會漏雨的小茅屋。
稱不上庭院的庭院內，有一株梅樹。
梅花已開了七成左右，頻頻傳來香味。
晴明在屋外喚人，出來一個看似僕從的老人，老人立即發現淨藏，發出驚叫聲：
「這、這，淨藏大人……」
「請讓我們進去。」晴明道，又催促淨藏：「來，淨藏大人……」
淨藏跟在晴明身後無言地進屋。
地板上鋪著一套簡陋寢具，有位老婦人正在熟睡。
屋內沒有屏風也沒有垂簾。
她的身姿一覽無遺。

滿頭白髮的她微微張開嘴巴，正輕輕發出呼吸聲。

老婦人察覺有人進屋，半睜開雙眼。

她用半已混濁的眸子朦朧地望著晴明、博雅，之後看到淨藏。

她察覺來人是誰了。

「唉呀！」

老婦人發出類似慘叫的尖叫聲，起身用寢具蒙住自己的頭。

蒙住老婦人頭部的寢具中，傳出硬憋住的，類似動物吼聲的低低哭聲。

自那哭聲中又傳出細弱、斷斷續續的聲音。

「歡迎您回來，歡迎您回來。」

淨藏說不出話。

他默不作聲。

默默無言的淨藏，雙眼突然湧出淚水垂落臉頰。

淨藏雙唇發出聲音。

那是再怎麼忍也忍不住，從雙唇間流露出的聲音。

不知是不是聽到淨藏的聲音，傳自寢具下的哭聲驟然停止，老婦人自寢具下露出半張臉。

老婦人望著淨藏。

「晴明，我很感謝你……」
淨藏喃喃自語，挨近老婦人，在她面前跪下。
他伸出浮現皺紋的手，放輕力氣，溫柔地緩緩取下老婦人披在臉上的寢具。
「我心愛的人兒啊，妳爲什麼要哭泣呢？」
是溫和的聲音。
「我在這兒呀。」
淨藏雙眼再度湧出淚水。
「我花了四十年，請妳原諒我，原諒我……」
淨藏伸出雙手。
老婦人也自寢具下伸出手。
兩人彼此握住對方的手。
「這四十年來，我一次也沒忘記妳。那句鶯啼，其實指的是我。我此刻才察覺這事……」
淨藏雙手繞到老婦人肩膀，溫柔地摟住她。
「我不知道妳跟我往後還剩下多少時間，但這所剩不多的時間，且讓我們都一起度過吧……」

老婦人在此放聲大哭起來。

晴明和博雅轉身，邊聽著那哭聲邊走至屋外。

七

牛車咕咚、咕咚地前進。

博雅在牛車內用袖子抹去臉頰上的淚痕。

「眞的太好了……」博雅低語。

「嗯。」晴明點頭。

「可是，晴明，有件事我還是不明白……」

「什麼事？」

「就是黃鶯的事。淨藏大人說那黃鶯指的是他自己，那到底是什麼意思？」

「意思是，那首和歌是淨藏大人在不自覺的狀況下寫出的……」

「什麼？」

「淨藏大人就寢時，另一位淨藏大人起身，將自己眞正的感情託付在和歌內，並模仿那女子的筆跡寫下信件……」

「什……」

「淨藏大人說，是僕從到淨藏大人住處通知那人生病之事，其實那僕從也是個幻影。」

「什麼？」

「他在不自覺的狀況下自己造出僕從影像，讓那僕從來自己住處通報。」

「唔，唔。」

「我問過淨藏大人，之前是不是曾經遣人查過那女子的事？你還記得嗎？」

「嗯。」

「倘若他很久以前就知道那女子的消息，便很可能在不自覺的狀況下製造出僕從的幻影。淨藏大人是自己在騙自己，騙了自己後才能提起勇氣去見那人……」

「……」

「只要明白這點，就沒有必要猶豫。」

「猶豫？」

「既然淨藏大人愛得如此之深，那麼，無論對方那婦人現在變成怎樣，他也不可能變心，不是嗎？因此我才硬逼淨藏大人到那婦人的住處。」

「原來如此……」

「再怎麼說，他畢竟是天下聞名的淨藏大人。如果他眞的不想去，即使我用盡手段，他也不會動身……」

「大概吧。」

「淨藏大人應該是爲了讓我推他最後一把，才特地來找我吧。」晴明道。

自垂簾縫隙吹進的微風中，帶著梅香。

黃鶯的啼鳴聲自某處傳來。

後記

此刻，我是在某河畔一間名叫「醉魚亭」的釣魚小屋寫這篇文章的。

這間小屋是自遠野移築到此地飛驒山中的江戶時代農家。

頭頂上有許多粗大橫梁，天花板很高。而橫梁上方正是東北地方的黑暗。

在這間小屋也可以製作陶藝品，有時我會和同好聚集在此把玩泥土。

只是，因爲眼前有一條好河川，我總是情不自禁抱著釣竿興高采烈地出門。

今天也是這樣。

釣到三尾肥大岩魚。

一尾有二十五公分。

釣了不過一小時半便有這樣的成果，應該說成績不錯吧。

今晚就用地爐炭火烤這些岩魚，再喝骨酒*。

這般那般地已過了十年——不是釣魚就是喝酒，陶藝方面遲遲不長進，但對我來說，過得快樂比陶藝進步更重要。

像此刻寫這篇文章時，抬眼一看，窗外比剛才更昏暗。

太陽快速沉落至山的彼方，黑夜正從谷底爬出。

房內始終聽得到河流潺潺，聽著那聲音，反倒令人感覺靜寂愈發深沉。

釣魚後的疲累令我渾身沒勁，卻很舒服。

總之——

*日本酒的喝法之一，將烤熟的淡水魚去掉魚肉，把剩下的魚骨和魚鰭再烤一次，放入酒杯，澆上熱酒，酒中會有類似魚湯的味道。

這是部久違的《陰陽師》。
總計九篇，比往常多了一些。
除了在《オル讀物》雜誌發表的以外，也收入爲其他雜誌寫的短篇，所以差不多就是這個數量。
我已經玩得很盡興。
明天又要開始工作。

工作到我病倒之前
玩到我無法爬起來為止

希望今年我仍能這樣過。

二〇〇七年四月二十九日
於醉魚亭——
夢枕獏

※夢枕獏官方網站「蓬萊宮」網址：http://www.digiadv.co.jp/baku/

繆思系列
陰陽師〔第十二部〕夜光杯卷

作者／夢枕獏（Baku Yumemakura）　封面繪圖／村上豐
譯者／茂呂美耶
社長／陳蕙慧
副總編輯／簡伊玲
編輯／王凱林
行銷企劃／李逸文・廖祿存
特約主編／連秋香
封面設計／蔡惠如
美術編輯／蔡惠如
內文排版／綠貝殼資訊有限公司

社長／郭重興
發行人兼出版總監／曾大福
出版／木馬文化事業股份有限公司
發行／遠足文化事業股份有限公司
地址／231新北市新店區民權路108之4號8樓
電話／02-2218-1417
傳真／02-8667-1891
Email：service@bookrep.com.tw
郵撥帳號／19588272 木馬文化事業股份有限公司
客服專線／0800221029
法律顧問／華洋國際專利商標事務所 蘇文生 律師
初版一刷　2008年8月
二版一刷　2019年1月
定價／新台幣330元
ISBN　978-986-359-624-0

國家圖書館出版品預行編目（CIP）資料

陰陽師. 第十二部 夜光杯卷 / 夢枕獏著 ; 茂呂美耶譯-- 二版.
-- 新北市 : 木馬文化出版 : 遠足文化發行, 2019.1
296面 ; 14 x 20公分. -- (繆思系列)
ISBN 978-986-359-624-0 (平裝)

861.57 107020923